陈永，我们现在住在一个
屋檐下，不是只有你照欣
我，我也可以照欣你的。

君仁茶

18年的11月提笔写下两个名字，
秋末的风吹进五年后的夏夜，谢
谢你喜欢这个故事。

杏仁茶

他对外面的世界早就没兴趣了，直到他遇到了 cz2046。

魅丽文化　花火工作室

杏仁茶——著

广东旅游出版社
GUANGDONG TRAVEL & TOURISM PRESS
悦读书·悦出行·悦享人生

中国·广州

图书在版编目（CIP）数据

找得着北 / 杏仁茶著 . — 广州 ： 广东旅游出版社,2023.10
ISBN 978-7-5570-3140-4

Ⅰ . ①找… Ⅱ . ①杏… Ⅲ . ①长篇小说－中国－当代 Ⅳ . ① I247.5

中国国家版本馆 CIP 数据核字（2023）第 178273 号

找得着北

ZHAO DE ZHAO BEI

出 版 人：刘志松
总 策 划：曾英姿
责任编辑：何　方　李　丽
责任校对：李瑞苑
责任技编：冼志良
选题策划：朵　爷
特约编辑：王小明
封面插图：似山音
装帧设计：殷　舍　刘　阳

广东旅游出版社出版发行
地址：广州市荔湾区沙面北街 71 号首、二层
邮编：510130
电话：020-87347732（总编室）　020-87348887（销售热线）
投稿邮箱：2026542779@qq.com
印刷：湖南天闻新华印务有限公司
（地址：长沙市望城区湖南出版科技园　电话：0731-88387578）
开本：880 毫米 ×1230 毫米　　1/32
字数：196 千字
印张：8.5
版次：2023 年 10 月第 1 版
印次：2023 年 10 月第 1 次印刷
定价：45.00 元

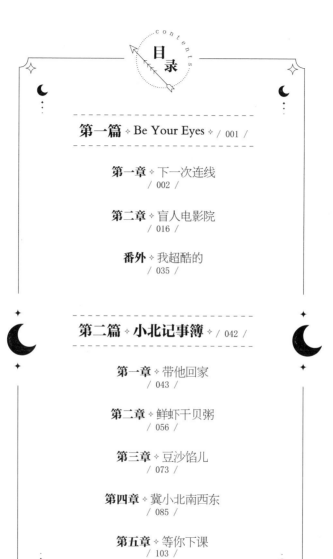

contents

目录

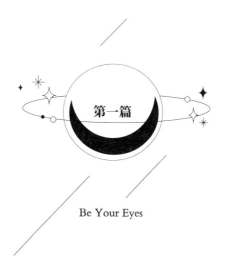

第一篇

Be Your Eyes

第一章

下一次连线

001

客厅里会报时的座钟叮叮当当敲了十一下，冀小北迫不及待地从沙发上蹦起来，快步走到厨房，熟练地拉开冰箱门，他摸到第二个隔层，伸长了手臂把最里面的那盒牛奶取出来。这是上上个礼拜小姑买来的，这种鲜牛奶的保质期一般只有七天，他故意放着没喝。

冀小北捧着牛奶走到餐厅坐下，摸索着把盒口撕开，倒进手边早就准备好的玻璃杯里。一开始没拿稳，他能感觉到有几滴牛奶溅在了手上。他把手机拿出来，用手指滑开手机锁屏，发出语音指示："打开 Be Your Eyes。"

手机接收到口令，马上启动了这款眼睛图标的手机软件。

冀小北捏着手机，手心已经紧张到冒汗，虽然这段关系已经持续将近两个月了，但每次拿起手机他还是紧张得不行。他凑近手机话筒，继续发出语音指令："求助。"

软件里的电子女声字正腔圆地询问道："您可以选择求助好友或求助广场。"

冀小北舔了舔有些干燥的嘴唇，一个字一个字说得特别清楚："求助好友，请帮我连线 cz2046。"

这是一款专门为盲人设计的 APP，视力有障碍的人可以通过这个平台，用视频电话的方式向注册的志愿者求助。

那场可怕的交通事故已经过去了整整五年，冀小北在那天失去了父母，也失去了眼睛。

刚出院的时候，冀小北在小姑家住了一段时间，小姑和姑父都对他很好，但总是打扰小姑也不是个办法。后来他渐渐适应了在黑暗里生活，就搬回了自己家。他现在一个人在家住，小姑每个周末都会过来看他，给他买一些吃的、用的，这个软件也是有一天小姑过来的时候给他安装的。

cz2046 是冀小北在 Be Your Eyes 上认识的第一个人。

一开始，冀小北对这个软件一点也不感兴趣，完全是被小姑威逼利诱着试用了一回。小姑拿了两盒常用药放在桌上，一步一步地教他启动 Be Your Eyes 的"求助广场"服务，于是手机里响起语音提示："正在匹配中，请稍候……"

"已连线 cz2046。"

很快，视频电话就接通了，对面传来一个很好听的男声："你好？"

冀小北愣了一下，他这几年几乎不出门，平时接触的人也只有小姑、姑父和妹妹，他已经太久太久没和陌生人说过话了。

那边很有耐心地重复了一遍："你好，听得到吗？"

冀小北的声音不自觉地有点发抖："嗯……听得到的，您好。"

对方好像舒了口气："有什么需要帮忙吗？"

冀小北手忙脚乱地抓过药盒放到手机前："那个……不好意思，可以麻烦您帮忙看一下这两个里哪一个是感冒药吗？"

cz2046 马上回应道："好的，你把手机拿稳一点，现在有点看不清。"

"啊，不好意思！"冀小北两只手端住手机，他太紧张了，"这样、这样可以吗？"

"我看一下啊……左边是感冒药，右边是阿莫西林。"cz2046 继续说，"你把左边的药盒侧过来，我帮你看一下用法用量。"

冀小北舌头有点打结："好……好的！马上！"

"一天吃三次，每次一粒。"cz2046 很快就回复了。

冀小北不自觉地点了下头："嗯，好的，麻烦你了！"

他听到 cz2046 好像笑了一下："小事，不用客气，还有别的需要吗？"

冀小北抓紧了左边的那盒感冒药："没有了，谢谢你！"

cz2046 和他告别："那你多喝热水，按时吃药，没事的话我就……挂断了？"

小姑在一旁一脸欣慰："以后你有什么要帮忙的，都可以在这个软件上求助，你要多和人说说话，多交一些朋友。"

冀小北知道小姑是为了他好，只好温声应道："那我试试吧……"

奇怪的是，接下来的几天，冀小北总是能在广场连线时碰上cz2046。

第一次他把牙刷掉在地上了，蹲下来摸了半天也没有摸到，是cz2046 帮他找到了；第二次气温骤降，他打开衣柜想找一件毛衣穿，是 cz2046 告诉他毛衣在第二格最里面；第三次银行寄过来一份账单，他想请人帮忙看一下写了什么，是 cz2046 给他清楚地讲解。

第四次再连上 cz2046 的时候，冀小北已经记住这个温和又沉稳的声线了，他傻愣愣地问了一句："怎么又是你啊……"

这话其实说得挺失礼的，但是 cz2046 并没有生气，语气平静地反问他："你不希望是我吗？"

冀小北这才反应过来自己刚刚说错话了，赶紧紧张兮兮地解释："对不起，对不起，我不是那个意思。"

cz2046 还反过来安慰他："没事的，可能是现在软件还没完全推广开，注册的志愿者还比较少。今天有什么能帮到你的吗？"

结束对话的时候 cz2046 告诉冀小北："现在新增了添加好友的功能，我一会儿加你，你下次可以直接选求助好友。当然啦，不想找我的话也可以选广场匹配的。"

冀小北窘迫得脸一下就红了，小声解释："我没有不想找你啊……"

如此过去了大半个月，冀小北已经渐渐摸清了 cz2046 的上线规律，中午十一点半到一点半是他的午休时间，冀小北现在都是卡着这个时间段准点"打扰"他。

冀小北坐下来，手机里传来语音提示："正在连线中，请稍候……"

过了一会儿，扬声器里就响起 cz2046 熟悉的声音："贝贝？"

冀小北的心脏像小兔子一样在胸口突突地跳着："中午好！"

冀小北的用户名叫 Beibei，是小姑帮他注册的。cz2046 第一次这样叫他的时候，冀小北没反应过来，回应的时候讲话都有点结巴："不……不是贝贝，是……是北，东……东南西北的北。"

同样是两个字，但"贝贝"和"北北"念出来的感觉完全不一样，"贝贝"就好像在叫很亲密的人一样。可是 cz2046 还是坚持叫他贝贝，冀小北每次听到这两个字都觉得他们之间的距离又近了一些。

"嗯……想让你帮我看一下这盒牛奶的生产日期。"冀小北把空了的牛奶盒凑到手机镜头前，"看得清吗？"

cz2046 今天的声音稍微有点不一样："拿太近啦，镜头没聚焦，稍微拿远一点。OK，我看一下……十一月三号，七天，那就是到十一月十号，今天都几号了？过期好几天了啊。"

冀小北装作刚刚才发现的样子："啊？过期了啊……"

cz2046一下子紧张起来，问他："你没喝吧？"

冀小北撒了一个小小的谎，晃了晃玻璃杯："喝了一口呢，觉得味道不太对就想着问问你。"

cz2046关切道："没吃坏肚子吧？快拿去倒了吧。下次这些东西记得先问我再喝啊。"

冀小北连声应着，今天的问题已经问完了，可是他还想多和cz2046说说话："你……是感冒了吗？"

cz2046的笑声也闷闷的："是有一点，你听出来了？很明显吗？"

冀小北抿了抿干涩的嘴唇："有点鼻音。那个，就是，天冷了要多穿一点衣服呀。"

"知道了。你吃饭了吗？"cz2046好像又笑了一下，冀小北没有听清，不太确定。

小姑帮冀小北在社区订了送餐服务，每天到了饭点，就会有义工把营养快餐配送上门。为了多和cz2046说上一会儿话，他语气轻快地把今天的两荤一素全都详细地描述了一遍："今天有三个菜，宫保鸡丁太辣了，豆角炒肉还可以，醋熘土豆丝挺好吃的，就是饭有点凉了，不过我自己放到微波炉里热过啦。"

cz2046只是听着，没有说话。冀小北有点忐忑："对不起，我是不是话太多了？打扰到你午休了吗？"

cz2046很快回答他："没有啊，我在用心感受呢，还在办公室饥肠辘辘地等外卖中。"

"那你一会儿多吃点。"冀小北说完，觉得这句话哪里怪怪的，可是他不知道要说什么了。

cz2046好像总是能够包容他的无聊、无趣、无理和无礼。

"好，听你的。那没别的事情的话，我就先挂断了？"

"嗯……"冀小北恋恋不舍地听着对面温和的人声又变回冷酷的电子音。

不知道从什么时候开始，和cz2046通话已经变成了冀小北每天最期盼的事情。

冀小北太久没有和外界接触了。除了小姑、姑父、妹妹，cz2046是冀小北唯一"认识"的人，和cz2046说话是冀小北唯一觉得有意思的事情。cz2046是冀小北的新世界。

这就像是被关在暗房里日渐枯萎的植物，忽然看见漏进来的一丝光亮，于是挣扎着伸展枝条，想碰一碰温暖的阳光。

一天有二十四小时，其他的二十三小时五十分钟全都没有意义，全都作废，只有这十分钟里，这株植物才能短暂地、真实地活过来。

冀小北放下手机，觉得心里空落落的。他慢慢地在沙发上仰躺下来，开始认真思考明天要找什么借口打给cz2046。日子一天天过去，打过的电话越来越多，能用的借口也越来越少了。空旷的房间漆黑又寂静，其实他早就已经习惯这样的生活。很难说是以前没有什么期待的日日夜夜难熬，还是现在全心全意地期待这十分钟的日子难熬，时间一分一秒都过得很慢很慢。

耳边只有他一个人轻轻浅浅的呼吸声，还有座钟的秒针走动的声音，咔嚓，咔嚓，咔嚓。

距离下一次连线，还有二十三小时四十七分。

002

陈琢去茶水间泡了杯咖啡，回到座位上，他拿出手机点开 Be Your Eyes 应用，三分钟以内，Beibei 应该会连线他，进行今天的求助。陈琢是 Be Your Eyes 的开发人员之一，最开始用自家软件只是为了测试和调整功能，自从遇上这位可爱的 Beibei 同学，一切好像又多了一份意义。

其实陈琢看过 Beibei 真人。上个月的某一天，他们用好友连线进行视频通话的时候，Beibei 不小心切换了摄像头，于是陈琢一抬眼就看到了他的脸。

Beibei 那边很暗，毕竟他的世界里不需要开灯，只有路灯的光从窗户透进来，微微照亮他的世界。陈琢觉得他两只手捧着手机专心致志的样子，像只怀里抱着瓜子仁的仓鼠。他看起来很小，应该才二十出头，额前的碎发稍微有点长，盖住了眉毛，鼻梁很高很挺，下巴瘦瘦尖尖，此刻他正有些不安地咬住下嘴唇，于是露出了两颗米粒儿似的兔牙。最重要的是，他有一双非常动人的眼睛，睫毛不长但是很密，眼头圆圆的，眼尾微微上挑，瞳色是那种浅浅的棕色。

可惜，它是黯淡的。

陈琢第一反应就是可惜，不是什么同情或怜悯，就只是单纯地觉得可惜。一个特别漂亮的花瓶在你脚边摔成碎片，你清楚地知道它再也拼不起来、补不回来的那种可惜，以至于他有那么一会儿走神。过了几秒后，他有些刻意地清了清嗓子："贝贝，你开错摄像头了。"

Beibei 就连发傻的时候也是可爱的。他有些困惑地皱了皱眉，鼓着脸凑近前置摄像头："啊？什么意思啊？"

明明隔着屏幕，陈琢竟然觉得距离一下子被拉近了，近到都能数清对方的下睫毛了。他一时间有些局促，提醒道："可能是不小心按到摄像头切换键了，嗯，就是……我现在看到的是你的脸。"

Beibei发出一声小动物一样短促的惊叫，镜头猛地往下倒，很快变成了一片黑。陈琢猜他是把手机反扣在桌上了。

过了十几秒，那头响起Beibei焦躁又无助的声音："我不知道怎么把它改回来……"

"用语音命令，你对着手机说切换到后置摄像头就行了。"陈琢尽可能地放软声音，他不想让Beibei觉得太尴尬。

Beibei那边顿了顿，突然一本正经地说："就像用降龙十八掌之前要大喊一声'降龙十八掌'吗？"

这好像还是Beibei第一次跟他开玩笑，陈琢一下子没反应过来。Beibei看他没有回应，立即小心翼翼地小声试探："那个，不好笑吗？对不起，我以后不会再说这种无聊的话了……"

陈琢真的想让Beibei把手机翻过来，看看他现在的表情，怎么能有人光是说个话都能让人觉得他身上的可爱多到要溢出来了。

此时此刻，冀小北正盘腿坐在床上，两只手端着手机，像要喊出"降龙十八掌"一样气势汹汹地命令手机连线cz2046，然后他就听到了cz2046的声音。cz2046叫他，贝贝。

冀小北的心脏像刚刚起死回生那样颤动起来，声音也比平日里响亮："中午好！"

昨天他拜托小姑给他买了两条款式一样的羊绒围巾，一条卡其色，一条麻灰色。这就是他绞尽脑汁想出来的今天的求助主题："可不可以帮我看一下这两条围巾，哪条是麻灰色的？"

"左边的是麻灰色，右边是卡其色。"陈琢想了想，问了一句，"怎么，你要出门吗？"

冀小北顿了一下，肯定道："嗯，对啊。"但毕竟是说谎，回答的时候明显有些底气不足。

事实上，他已经很久很久没走出过家门了。仔细想了想，上次出去还是中秋节的时候，他握着好久没用过的导盲杖，自己一小步一小步，艰难地挪到了小区门口，在门卫室等着小姑过来接他去过节。

路人的交谈声、电动车尖锐的刹车声、汽车开过的呼啸声，还有轮胎压过减速带发出的闷响……也许是平日里独自生活的环境太安静，这些声音灌入耳朵，好像被放大了无数倍。辨不清的嘈杂的声浪从四面八方涌来，让他忽然有些不知所措。手心已经冒了一层冷汗，握在导盲杖上黏糊糊的。

终于，他在这么多背景音里听到一个熟悉的人声，由远而近，是小姑的声音。接着，小姑温热的手抓住了他握着导盲杖的手。

"不是让你在家等我吗？怎么自己出来了？"

冀小北靠在小姑身边，总算有了点安全感。他松了口气，故作轻松地接道："这样比较方便嘛，免得你多爬一趟楼梯了。自己走到小区门口，我还是能做到的！"

他从回忆里回过神，因为cz2046的声音太温柔了，像哄小孩一样："贝贝要去哪里呢？有人陪吗？"

冀小北只好硬着头皮继续扯谎："要去中心广场，离我家很近的，走一会儿就到了。我自己去。"

这么久了，陈琢大概也能猜到 Beibei 身边没有人照顾，可是他现在的身份只是 Be Your Eyes 上的一个普通网友，再怎么担心，他也只能很克制地对 Beibei 说："那你路上要注意安全，有需要的话，随时可以连线我。"

"好的，谢谢！那我出门啦！"冀小北努力让自己的声音听起来轻松愉悦一点。

他想，cz2046 或许不会喜欢太沉闷无聊的人。

连线挂断了，冀小北才发现自己完全没注意 cz2046 说的哪条是麻灰色，哪条是卡其色。不过这个无所谓啦，他又不是真的要出门。他随便拿了一条裹在身上，像鸵鸟一样埋头钻进被窝。

好无聊，想睡一个长长的、长长的觉，一直睡到明天中午，这样醒过来就又可以和 cz2046 连线了。其实他早上、晚上也想找 cz2046 说说话，可是他不敢太频繁地打扰 cz2046，不想有一天 cz2046 会嫌他烦。

晚上六点，社区义工准时把晚餐送来了。冀小北没什么胃口，吃了一半就放着了。房间里突然响起一阵模模糊糊的电子音。他走到卧室里，用了好一会儿时间才摸到了塞在枕头下面的手机，它在说："好友 cz2046 请求连线……"

冀小北以为自己听错了，他不知道 Be Your Eyes 还可以反过来连线。他摸着床沿坐下，不太确定地说："同意？"

视频通话接通，确实是 cz2046 的声音："贝贝，听得到吗？"

冀小北有点慌张："为……为什么你可以打给我啊？"

因为这是为了你而开发的新功能啊，当然啦，陈琢不会把这事儿告诉他，这是他的私心和秘密。

"好像是新功能，我刚刚打开软件，看到多了个图标，就点了一下试试。"

冀小北想不明白，这是不是说明cz2046有时候也想和他说说话呢。他鼓起勇气，旁敲侧击似的问了个问题："这个功能，用来干什么的？"

"用来没事的时候聊天？"陈琢忍不住想逗逗他，"还是说用不到我的时候，你就不想和我聊天了？"

"我没有！"冀小北不自觉地摇了摇头。

那是他们第一次这样聊天，冀小北想表现得活泼一点——如果太无趣了，cz2046明天就不会找他玩了。他主动和cz2046说起自己今天去中心广场的经历，其实全是靠想象瞎编的——他最后一次去那里已经是五年多以前了，那时候还是和爸爸妈妈一起去的。

冀小北努力回忆起那段经历，把它们转换成视觉之外的感觉。

冀小北说他家离中心广场很近，坐公交车只要两站，但是他现在这样坐公交车不方便，所以只好走过去了，步行大约十分钟。他说远远地就能听到广场上喷泉的水声，哗啦哗啦的，此起彼伏。他说喷泉旁边有个小型儿童游乐场，能听到小孩嬉笑打闹的声音，还有他们咻的一下滑下滑梯的声音。他说一楼西面最里面有一家冰激凌店的抹茶冰激凌特别好吃，但现在天太冷了，不是吃冰的时候。他说路过面包房的时候，正好有人推开门，他闻到了面包刚烤好的焦香味，就忍不住走了进去……

可他并不知道中心广场那片地方前年就已经拆除了，陈琢只是听着，并没有拆穿他的这些谎话。

003

从那天起，他们每天能通话两次了，一次是中午 Beibei 打过去，一次是晚上 cz2046 打过来。有一天，他们聊起各自的用户名，冀小北很无奈地表示："我真的不叫贝贝……"

陈琢笑了笑："没办法，改不了口了。你知道我的名字有什么含义吗？"

冀小北其实纠结这个问题很久了，他到现在都不知道怎么称呼 cz2046 比较好："我猜前面两个字母应该是名字缩写，2046……2046 是那部电影吗？"

陈琢嗯了一声："就是那部王家卫拍的电影。"

"讲了什么？"说实话，冀小北对 cz2046 的一切都很好奇，而且他现在胆子大了，不再说什么都吞吞吐吐了，cz2046 也明显是愿意和他聊天的。

这部电影要说清楚就有点困难了，陈琢凭记忆给冀小北讲了一遍，冀小北被他说得晕晕乎乎、云里雾里的："两个苏丽珍真的是两个人吗？Lulu 真的死了吗？周慕云喜欢王洁雯吗？周慕云爱过白玲吗？他后来又喜欢王靖雯了？他们最后在一起了吗？那苏丽珍怎么办啊？他不喜欢苏丽珍了吗？《2046》到底是什么呀？王靖雯为什么会变成机器人？"

最后陈琢也被他连珠炮似的提问绕晕了："等等，我想一想啊……"

冀小北感觉很沮丧。他想，如果自己五年前看过这部电影就好了，那他现在就有话可聊了，而不是盯着cz2046问这问那，显得很笨。他有些丧气地低下头，一不小心就把心里话说出来了。

cz2046那边静了静，忽然问他："贝贝，你想看电影吗？"

冀小北的睫毛轻轻地颤了一下，这好像是这么久以来，他第一次感觉被cz2046冒犯了。沉默了好一会儿，他才闷闷地吐出来一句话："……你知道我不可以。"

其实冀小北的情绪一点也藏不住，全都能从声音里听出来。平时欢快得不得了，连尾音都是上扬的；紧张的话，会重复说"那个"；失落的时候瓮声瓮气的，会带点鼻音。现在明显是失落到极点了。

陈琢意识到自己说错话了："对不起，我不是那个意思！我是想说，你有没有听说过盲人电影院？"

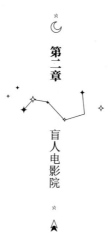

第二章

盲人电影院

001

冀小北很认真地做了一个礼拜的功课，终于下定决心去 cz2046 说的盲人电影院看看。

科技改变生活，现在用语音搜索就可以很方便地找到需要的信息。冀小北在浏览器里语音输入了"盲人电影院"，很快就检索到了它的介绍，手机还能把这些文字朗读出来。

原来 A 市真的有一家盲人电影院，而且就在这个区，离他住的小区大概有四站路的距离。只是他以前从来没关心过，他对外面的世界早就不感兴趣了——直到遇见了 cz2046。

如果水面平滑如镜，一点波澜也没有，那一定是一潭死水。cz2046 打破了长达五年多的沉寂，让冀小北心底里的暗流重新涌动起来。

网上说那家电影院的每周六下午两点会播放一部电影，是完全免费的，不需要买票或者预订座位，按时到场就可以了。前一天晚上，冀小北翻来覆去地睡不着。想到要自己出门，要和陌生人说话，他就紧张得不行，直到两三点才昏昏沉沉地睡过去，早上七点多就醒了。

吃过早饭以后，他回到卧室，整个人闷头钻进衣柜里，把那件没穿过几次的厚外套翻出来。这是去年过年的时候小姑给他买的，面料摸着柔软又舒服，还有一个毛茸茸的大帽子。他想这衣服一定很贵，他整天在家里待着不出门，用不着也舍不得穿它。

小姑骗冀小北说这是一件黑色羽绒服，其实是漂亮的暖黄色。选这个颜色，一是因为出事以后的冀小北再也不肯穿颜色鲜艳的衣服了，只喜欢最简单的灰色、黑色；二是因为穿得亮一些，走在路上比较容易被别人注意到，出门在外也能稍微安全一点。

中午，冀小北若无其事地和cz2046连线了一会儿，没提自己今天要去电影院的事。他怕万一自己很笨，没找到地方，cz2046知道了，要笑他的。挂断电话后，还没到十二点。导航说从小区到电影院只需要步行二十分钟，可那不是他的速度，他决定早点出发。放在门后面的导盲杖太久不用，落了点灰，冀小北拿了块软布过来，把它擦干净，然后揣上钥匙出门了。

从家门口到小区门口的这一段路是最简单的，只要沿着大路走到头，再左拐一下。这条路很宽，车流量小，又因为在小区里，所以车速也都比较慢。冀小北靠在路的右边，用导盲杖探路，一小步一小步稳稳地走，十分钟以后，他已经到门卫室那儿了，再往前跨一步就可以走出小区了。他深呼吸了几下，小心翼翼地握着导盲杖往前面探了探。

"小伙子，我送你走一段吧！"声音是从门卫室里头传出来的，冀小北往那边偏过头，过了一会儿，左臂就被人一把搀住了。

他赶紧说了一声"谢谢"，问道："叔叔，可以麻烦你送我过马路吗？我要去对面。"

大叔很热心："好嘞，我带你过去，现在刚好是绿灯。"

最困难的过马路问题也解决了，后面就只要沿着路一直走就行了，冀小北微微地松了口气。他一只手抓着手机，另一只手握着导盲杖，听着导航的语音提示，沿着盲道慢慢走。

刚开始认盲道的时候，小姑特意给他买了一双底很软的布鞋，这样能更精确地感受到地砖的凹凸触感：直条形的是直路，圆点形的是拐弯。最怕的是有的地方盲道铺设不到位，被树或者其他障碍物挡住，没有设置圆点砖，而是直接脱节了。

他伸长腿，踩到硬邦邦的树根和泥土，只能用导盲杖戳着地，一点一点地挪。这样绊倒过几次，每次绊倒后，小姑都会马上冲上来扶他。他这才知道小姑每次说的"这次让你自己走"都是假的，她总是不放心，总是默默地在后面跟着他的。

这次不一样，这次是真正的"自己走"，好在一路顺利，盲道都没有脱节。

在家的时候，冀小北都是靠座钟报时来确定时间的，一出来就完全没概念了。一颗心悬在嗓子眼，也不知道慢慢悠悠地走了多久，终于听到了提示音：已到达目的地附近。

冀小北站在原地，有些心慌。他茫然地环"顾"四周，附近是多近啊，要是还找不到，怎么办啊？

好在很快有人走过来和他说话了，是个年轻女孩的声音："你好，是第一次来吗？"

冀小北蒙蒙地点了点头，女孩热情地把他迎了进去："来，我带你走。"

冀小北有些腼腆地低下头："谢谢，那个……请问一下今天放什么电影啊？"

"小心，这里有台阶。"女孩很细心地提醒他注意脚下，"《湄公河行动》，今年九月份上映的电影，破案的，很精彩呢。"

冀小北心里一阵说不出来的雀跃，cz2046昨天还和他说，自己最近看过这部电影。他想，一会儿一定认认真真地看，晚上就能和cz2046好好讨论剧情了。

此时陈琢正坐在电影院的第一排，对着手卡又把解说词快速地过了一遍。他在这家电影院做义工已经有一段时间了，但今天还是他第一次担任解说。

来这里的目的，一是为了更好地贴近软件的受众，了解盲人的情况和需求，二是因为……Beibei 就在这个区——上次说到中心广场的时候，陈琢就推断出来了。他心里难免存着点小小的期待，不过最后落空了，陈琢没在这里看见过 Beibei。

刚开始，陈琢觉得不就是讲解电影嘛，从小到大足球赛、篮球赛之类的体育解说看得太多了，他以为很简单，但真正做起来才发现根本不是那么一回事儿。因为观众看不到画面，解说员必须把重要的场景描述得非常详细，需要提示观众现在是谁在对谁说话，需要像旁白一样把时间线、故事线理清楚，让观众光是听声音就能完全理解剧情。

有一些观众可能不像 Beibei 是因为意外而失去视力，而是先天就看不见，以至于他们对一些事物的认知很有限。陈琢在网上找了很多资料，看到说有经验的解说员会借助生活用品来解说，比如把摩天大楼描述成倒扣着的巨型玻璃杯，把直升机比作倒扣的汤勺，上面有几片转动的扇叶，这样观众就能够想象出这些画面了。

管理员这次把这部电影交给他负责，是因为这类电影的场面宏大、刺激，由男声解说，可能效果会更好一点。说实话，陈琢没什么把握，虽然这部电影已经不知道翻来覆去地看多少遍了，有时候甚至是一帧一帧地暂停画面，仔细研究，他这个礼拜每天下班后也都在忙着改解说词，请有经验的讲解员给他提建议，A4 纸写了好厚一沓，但也不知道今天这场"首秀"能不能成功。

快到点了，观众们慢慢入场。陈琢站起来伸了个懒腰，想去接点热水润润嗓子，走到门口刚好看见一抹亮色——

怎么说呢，这应该是一张生面孔，陈琢在这儿做义工好久了，还是第一次见他；可陈琢又是认识的，因为上次Beibei切错摄像头的时候，自己看到过这张脸。

可能是很少见太阳的缘故，Beibei整个人白到耀眼。他穿着一件米白色的高领毛衣，外面裹着蓬松柔软的暖黄色羽绒服。志愿者把他带到第三排中间坐下，他明显有些紧张。他小心地把导盲杖收起来，放到一边，背挺得直直的，两只手放在膝盖上，像个乖乖等上课的幼儿园小朋友。

陈琢傻站在台阶上，目光一路追着他，半天没回过神来。

后来师父过来拍了拍他的肩膀："发什么呆呢，快做准备啊，马上要开始了！"

002

陈琢觉得他这辈子都没这么紧张过，大冬天的，出了一身汗。解说的间隙，他忍不住抬头去找Beibei，看到Beibei微微皱眉，托着腮听得一脸认真。

结束的时候，观众席响起热烈的掌声，陈琢总算松了口气，这场"首秀"不说表现得多好吧，至少没出什么大差错。

散场了，大厅里热闹起来，就像放学的幼儿园，家属排着队把人接走。冀小北在座位上多坐了一会儿，等人群差不多散完了，才摸索着往门口走。他是那个没有人接的"小朋友"。

陈琢刚准备过去，就被师父拦了下来："小陈今天解说得很不错，看来功课做得很足啊！走，晚上大家一起吃顿饭吧！"

陈琢推说晚上公司有事，收拾好东西就赶紧追出去。还好 Beibei 没走远，他戴上了外套上毛茸茸的大兜帽，正握着导盲杖一边戳一边往前走。陈琢发现 Beibei 穿了两只不一样的袜子，左边是黑袜，右边是卡通袜，露出的那一小截可以看见一只圆头圆脑的可爱小熊。

当然啦，冀小北根本不知道自己抽屉里有好几双卡通袜子，这又是小姑的"功劳"……

陈琢赶了几步，走到 Beibei 前面，一会儿帮他把挡在盲道上的自行车搬开，一会儿帮他拦住前面路口正在往后面倒车的面包车，一会儿帮他把地上的石子踢到一边。

陈琢就这样贴心地护送了冀小北一路，到了要过马路的地方。

冀小北有点慌，身边好像没有人一起过去。他听到车来车往的声音，那现在应该是红灯吧？过了一会儿，好像安静一点了，没有车辆开过的呼啸声了，现在是可以过去了吗？

冀小北抓着导盲杖小心地往前探了探，刚跨出去一小步就被人一把拉了回去，吓得他一松手，导盲杖都掉了。他慌忙地蹲下身，伸手去摸导盲杖，但身边的好心人已经快他一步，帮他把东西捡起来了，还牵着他的手把他送到了对面。

冀小北一连说了好几遍"谢谢"，可是对方没有回应，把他送到小区门口就默默地走了。

陈琢远远地看着 Beibei 上楼了，才算放心。刚刚太吓人了！Beibei 其实没判断错，那时候确实是绿灯，人行道可以走了，但是有辆车突然闯红灯冲过来，还好他在边上拉了一把。

Beibei 的手心好凉啊。

冀小北吃过晚饭就开始虔诚地捧着手机，等 cz2046 给他打电话过来。他跟 cz2046 说自己今天去了一趟盲人电影院，装作满不在乎，可是语气里的自豪早就藏不住了。陈琢整个人晕晕乎乎的，冀小北让他想到以前养在电脑里的 QQ 宠物，又乖又可爱，每天都会等他上线，叫他主人。

冀小北描述了一下自己当天的经历："我去之前，先搜了一下那家电影院在哪里，我自己会用导航哦，小姑教过我的。看时间差不多了，我就出门了嘛，跟着导航走，一路上特别顺利，还有个叔叔帮我过马路了。到那边，门口就有志愿者接我进去了！"

虽然冀小北用轻松的语气说出来，但陈琢可以想象到一个盲人独自出行会有多困难，他发自内心地夸 Beibei："你很厉害。"

"没有，没有很厉害啦，一般厉害吧！"冀小北很兴奋地围绕着电影展开话题，"今天播的电影是《湄公河行动》，太巧了，你前几天还提过这部电影。我印象最深刻的就是娃娃兵那段，太揪心了，太让人难过了……"

最后 Beibei 还很兴奋地告诉他："对了，今天电影院的那个解说员，声音和你好像！特别像！"

陈琢忍不住想逗他，故意问道："是吗？那是他的声音好听还是我的好听啊？"

Beibei 很认真地想了想，再三权衡后说："这个问题……我得下礼拜仔细听一下，再告诉你。"

从此以后，每周六变成了他们固定的"见面"时间，只不过冀小北是不知道的。冀小北只知道现在的每周六晚上是他一周里最期待的时间。而且 cz2046 真的好酷，好厉害啊，每部电影他好像都看过，于是他的形象在冀小北心中日益高大起来。

陈琢呢，每个周六都是他最忙的时候。那天如果有解说任务，为了熟悉讲稿，他早晨会起得特别早，中午若无其事地和 Beibei 通一次电话，地点一般是在 Beibei 家小区门口的那家咖啡店，因为挂断以后他就要"接"Beibei 去电影院了。

陈琢每次在小区门口等着 Beibei 出来，然后隔个五米左右的样子，跟在他身后，看到前面有障碍物，就快步走到前面去帮他处理一下，一路护送他安安全全地抵达电影院。

轮到陈琢解说的时候，他就好好解说；没有解说任务的时候，他就隔两三个座位，悄悄坐在 Beibei 附近。

Beibei "看"电影的时候特别认真，而且陈琢发现他一认真起来就爱咬手，跟小孩儿似的。

等电影散场了，陈琢再用同样的方式把 Beibei 安全护送回家。

就这样过去了好几个礼拜，有一天晚上 Beibei 突然很严肃地说："我要和你说个事情！"

陈琢心里咯噔一下，第一反应就是自己的身份被发现了，他不动声色地回道："怎么了？"

Beibei 清了清嗓子，特别郑重地向他宣布："我听了好几次，还是我们讲解员的声音好听一点！就一点点……就那么一点点！"

等了好一会儿，cz2046 都没有再回话。冀小北心里有点慌，他怕cz2046生气后不理他了，于是小声地试探："喂？你怎么不说话了呀？我说的都是实话。"

其实陈琢是捂住了送话器，他怕自己不小心笑出声。他这问题本来就挺"阴险"的，Beibei回答哪个都是夸他，够他乐上半天。

最后他特无耻地说："我觉得吧，主要是因为你没听过我真实的声音，隔着网线，这声音都变了，哪能算数？你说是吧？"

冀小北还没想好怎么回答他，就听到cz2046带着试探的下一句："贝贝，要不我们见面吧？"

冀小北脑子里一片空白，想都没想就吐出三个字："我不要！"然后慌慌张张地切断了连线，闷头钻进了被子里。

冀小北想cz2046不会喜欢他的，知道他看不见是一回事，但是两个人面对面，cz2046真的看到这样的他又是另一回事了。他不想让cz2046看到他现实里的样子，他怕cz2046被吓到，以后都不和他玩了。

003

转眼就到了一年里最冷的时候，从周一就开始断断续续地下起小雪。电影院本来是准备取消这周六的放映的，但是这次的解说员是个高三学生，小姑娘特意抽出课余时间，准备了很久，这次志愿服务结束以后，她就要全心全意地备战高考了，会有很长一段时间不能再过来。为了不让小姑娘的努力白费，管理员最后决定这周六还是和往常一样，准点放映，但是特意给盲人观众朋友们一个个打了电话，提醒大家雪天路滑，根据实际情况决定来不来观影，一定要量力而行，安全第一。

陈琢那个星期旁敲侧击地叮咛了好几次，让Beibei不要出门了，Beibei每次都乖乖答应了，所以陈琢就没去小区接他，直接到电影院去了。没想到快到两点的时候，Beibei忽然握着导盲杖出现在了门口。他把自己裹得圆滚滚的，穿的还是那件让人眼前一亮的暖黄色羽绒服。

今天这段路，冀小北走了快一个钟头。其实不仅仅是cz2046，小姑也特意打电话过来关照他这几天不要出门，但他还是想来看这部电影。好在外面的雪下得不大，盲道也没有被覆盖住。他很谨慎地用导盲杖摸索着前路，小步小步地慢慢挪，但还是不小心滑了一下。

陈琢看到Beibei手臂那块湿湿的，有一点脏，看样子像是摔过跤。他赶忙去接了杯热水给他暖手，Beibei说了一声"谢谢"，然后两只手握着纸杯子，小动物一样，一小口一小口地喝着。

陈琢一时没忍住，提醒他："吹一吹，小心烫！"

Beibei先是愣了一下，然后神情有些茫然地向他的方向转过头，忽然笑了一下："是陈老师吗？我有个朋友和你的声音特别像，我一听就知道你是陈老师。"

陈琢做解说的时候，自我介绍都说自己叫小陈，但是观众们特别尊敬解说员，都喜欢称呼他们为某某老师，搞得陈琢挺不好意思的，感觉自己受之有愧。

都到这一步了，陈琢索性不装隐形人了，他抽了几张纸巾过来，说："我帮你擦一下吧，你身上好湿啊。"

Beibei乖乖地把手臂伸直了让他擦："陈老师，今天是你解说吗？"

陈琢用纸巾把他袖子上的污渍擦干净："今天不是我讲。怎么下这么大雪还特意赶过来啊？我们还以为今天办不成了呢。"

"因为我有个……有个朋友好像很喜欢这部电影，所以我一直挺想看的。"Beibei默默地低下了头。

Beibei皮肤很白，而且是那种透白，腮上的软肉跟糯米糍似的，先是透出点粉，然后映出点红，再后来整个脸颊都红透了。耳朵那儿的软骨透着点光，跟兔子耳朵一样粉粉的。

陈琢觉得Beibei这句话够他高兴好几天了。

因为今天的电影是《2046》。

这是陈琢第一次坐在Beibei身边"看"完一场电影，Beibei"看"得特别认真，一直保持着咬手的姿势。电影结束以后，陈琢被师父喊去帮忙收拾场地，等他忙完回来，Beibei已经走了。陈琢刚想追出去，手机突然响了，是Be Your Eyes的求助连线，发起人是Beibei。

陈琢接起来，镜头里摇摇晃晃的画面好像就是在影院门外，然后他听到Beibei的声音："不好意思，这个时间点打扰你，那个……我刚刚把伞弄掉了，可以帮我看一下掉在哪里了吗？我找了好久都没有找到。"

陈琢拿着手机追出去，看到Beibei半蹲在门口的阶梯上，细小的雪花飘飘扬扬，打着旋儿落在他的头上、肩上。陈琢没有说话，默默走过去，把滚到阶梯底下的伞捡了起来。

Beibei有点急，握着手机又问了两遍："喂？你还在吗？能听见吗？"

陈琢走到Beibei面前蹲下来，小心地抓住了他的一只手，展开他的手掌，把伞放进他手心里："在这里。"

那一会儿，冀小北整个人都傻了，这明明是面前的人在说话，为什么自己手机听筒里好像也有声音传出来？

他僵着脖子，维持着向前"看"的动作，蒙蒙地叫了一声："陈老师？"

陈琢"嗯"了一声，冀小北更蒙了，为什么手机那边也跟着"嗯"了一声啊？

陈琢第一次在现实里叫他："贝贝……"

冀小北眨巴眨巴眼睛，脑子半天没转过来。

陈琢在他手背上写了"2046"四个数字，说道："贝贝，是我。"

冀小北恍恍惚惚的，身子晃了晃，往后退了一步，咚的一声坐在了台阶上，屁股都摔疼了。他想起来自己猜测过的：前面两个字母应该是名字缩写，2046是那部电影吗？

——cz2046，cz，c，陈。

这还是陈琢第一次光明正大地送Beibei回家，Beibei不让他牵着，自己戳着导盲杖，沿着盲道在前面很慢很慢地走。陈琢走在他身边给他打伞，伞面全偏在他头顶上，没过一会儿，自己身上就化了一层雪水，湿淋淋的。

陈琢心里挺焦虑的，因为一路上Beibei再也没开口和他说话。到小区门口了，Beibei突然停下脚步，他有些迷茫地环"顾"了一下周围，小声问："陈……那个，你还在吗？"

陈琢赶紧凑过去："在呢，在呢，怎么了？"

Beibei微微蹙着眉，小声问道："就是，还有别的什么事情我不知道吗？"

陈琢决定说实话，毕竟坦白从宽。

"我是 Be Your Eyes 的开发人员，这个算吗？"

Beibei 听到这句话后，顿了一下，抿了抿嘴唇，艰涩地开口："所以，我是测试对象，对吗？"

晚上冀小北没有接受 cz2046 的连线邀请，他退出了 Be Your Eyes 的界面，卸载了软件，然后躲进被窝里，偷偷哭了。

004

日子还是照样过，毕竟没有 cz2046 的时候，冀小北自己一个人也磕磕绊绊地过了五年多。他告诉自己这些很快就会过去的，可是刚开始那段日子真的有点难熬。

以前，总是等着和人连线、等着通话，心里算是有个念想和盼头，时间好像也能过得快一些。现在每天醒过来，一点期待也没有了，那潭水又变成了死水，不动了，不流了。

——你看，Be Your Eyes，连起来就是 BYE（再见）。

冀小北每天坐在沙发上，躺在床上，听着座钟的秒针缓慢又疲累的转动声，咔嚓，咔嚓，咔嚓。有时候他会发一天呆，什么都不想，有时候又会忍不住想起 cz2046。

想他明明只是测试一下软件，自己却厚着脸皮纠缠他这么久；想他把自己当一个普通用户，自己竟然把他的好全都当了真；想他明明早就在电影院认出自己来了，为什么一直不说，是不是觉得反正我看不见也不知道，这样耍我很有趣、很好玩？

冀小北又开始把自己关在家里，不出门了，唯一出去的那次是大年夜，小姑接他出去吃年夜饭，一大家子聚在一起，他却全程游离在外，食不知味，一点也高兴不起来，吃完他就让小姑夫把他送回家了。

那天冀小北难得地打开了电视，热热闹闹地听了一会儿春晚，零点倒计时"三二一"之后，窗外响起震耳欲聋的鞭炮声。他伸着手在床上找了一会儿，好不容易找到遥控器，他摸到开关，把电视关机，然后卷着被子睡了。

新年的第一天，对他来说并没有任何意义，没有任何东西是"新"的，没有什么值得期待的，这只是普通到不能再普通的、同样无聊的一天。

只是冀小北不知道，有一个人默默地在他家楼下站了很久。

这个人握着手机，打开眼睛图标的软件，一遍一遍地想要连线Beibei，回答他的只有一句句冷冰冰的提示音："好友离线中，请稍后再拨。好友离线中，请稍后……"

陈琢仰头看着楼上明明灭灭的灯火，不知道哪一盏灯是属于Beibei的，或者Beibei根本不开灯。他立在冬夜的冷风里，一会儿手就冻得麻木了，再过了一会儿都有点握不住手机了。他只是想在今晚对Beibei说一句："新年快乐，贝贝。"

两个人重新联系上是两个多月以后，春暖花开的时候。妹妹带了男朋友回家，中午有个比较隆重的家宴，冀小北想穿得正式一点。这两天小姑他们已经够忙了，他不想为了选衣服这种小事情麻烦她，犹豫了半天，冀小北终于把 Be Your Eyes 装了回来。

"打开 Be Your Eyes。"冀小北的声音不自觉地有点发颤。他听到熟悉又陌生的启动音效,紧接着竟然有一段男声语音。

冀小北僵住了,他听过,他知道的,这段话是《2046》里的台词。

他兀自摇了摇头,不敢多想,开启了求助广场功能。

视频很快就接通了,听对方声音,是个年轻女孩,他心里有些忐忑。说起来,他几乎没和cz2046以外的人连线过。女孩陪他聊了十几分钟,很耐心地帮他挑选了一套适合家宴的搭配。他很认真地道了谢,挂断前,女孩突然说了一句:"你就原谅他吧。"

冀小北有点摸不着头脑,以为自己听错了。

后来,冀小北发现,每次打开这个APP,就会有一段电影台词的语音,那些电影都是他在盲人电影院看过的。

"我还记得那一刻,他们全都看起来超幸福的样子,为什么我不能也满脸幸福?"[1]

"如果记忆是一个罐头,我希望它永远不会过期。"[2]

"如果再也见不到你,那祝你早安、午安和晚安。"[3]

"有时候,你想证明给一万个人看,到后来,你发现只得到了一个明白的人,那就够了。"[4]

"这短短的一生,我们最终都会失去。你不妨大胆一些,爱一个人,攀一座山,追一个梦。"[5]

---

1. 出自电影《当幸福来敲门》。
2. 出自电影《重庆森林》。
3. 出自电影《楚门的世界》。
4. 出自电影《后会无期》。
5. 出自电影《大鱼海棠》。

而且每一次广场连线的最后，对方总是会苦口婆心地加上一句："你快原谅他吧！""他希望还能遇见你。""他想和你说对不起。"

次数多了，冀小北总算确定自己没有听错，有一次，他终于鼓足勇气去问这是怎么回事。

那头的志愿者是一位退休语文老师，刚刚拉着冀小北天南地北地侃了大半个小时，说这软件是自己女儿帮忙下载的，现在每天有空了就在上面帮帮忙，感觉自己又能发挥余热了。老教师听他这么一问，好像有点惊讶："这么久了你还不知道啊？这软件一打开，就有个东西弹出来，上面写着什么：如果你连线到一个叫Beibei的男孩子，请帮我对他说一声'对不起'。"

"阿姨，你开玩笑的吧……"冀小北怀疑自己在做梦，在胳膊上拧了一下，挺疼的。

阿姨立马急了："当然是真的！我们这个区的志愿者啊，有个五百人的大群，现在里面没有人不认识你！不信你再随便找一个人问问！"

冀小北不知道有一个人也像他一样，鼓了好几天的勇气，终于拨通了他的连线。

手机在手边喋喋不休地重复："好友cz2046请求连线，好友cz2046请求连线……"

冀小北躺在床上，用枕头紧紧捂住脸，到后来连呼吸都有些困难，终于瓮声瓮气地吐出两个字："同意……"

陈琢已经做好长期作战的准备，就没想着第一次Beibei能接，听到那边软绵绵的一声"喂"，他准备了几个月的腹稿全忘光光了，好半天才憋出来一句："你还生气吗？"

陈琢一开始是真没意识到发生了什么，只知道 Beibei 突然就不理他了，APP 上再也没上线过，也不去电影院了。后来他想明白了这里面的误会，却不知道自己能做点什么。

当然，陈琢有 Beibei 的住址，随时可以去找他，可是陈琢不想吓到他，而是选择在 Be Your Eyes 守着他回来。

"贝贝，最开始认识你的时候，我确实只是想测试一下软件。

"我有很多很多测试对象，只有你是不一样的。

"我不会和别的测试对象每天准时准点连线。

"不会在他们的启发下开发好友连线的新功能。

"不会为了离他们近一点，特意去他们附近的电影院做义工。

"最开始你确实是测试对象，可是后来你已经变成了我生活中非常重要的一部分。"

陈琢也不知道自己乱七八糟地说了些什么，那些话好像是自己从嘴里跑出来了，最后他说："贝贝，如果你不生气了，我们还能见一见吗？可以的话，这周六，我在电影院等你。"

事实上，陈琢没在电影院等他，而是在他楼下等着他，从十二点一直等到了下午两点。

Beibei 可能再也不想见他了，正想着，楼下的防盗门嗒的一声弹开了。陈琢怔怔地看着，过了一会儿，门里探出一小截导盲杖，然后 Beibei 小心翼翼地走出来，穿着那双可爱的小熊袜子。冀小北一路上沿着盲道走得很急，陈琢有好几次差点上去帮他，好不容易才忍住了。

　　冀小北站在电影院门口，抓着手机却不敢给 cz2046 打过去，心底猛然生出一些怯意。转身的一瞬间，有个人紧紧抓住了他的手。

　　"来了就不准走了哦。"

　　这声音很熟悉，是陈老师，也是 cz2046。再次听到他的声音，冀小北心头一热："你……你跟着我？"

　　陈琢："嗯，一直跟着你。"

番外

我超酷的

001

年初的时候，有电视台来盲人电影院做了一次专题报道，于是电影院这边得到了一些爱心人士的长期捐助，也收获了一大批新的志愿者。

人多好办事，除了平时的电影开放日，他们还搞起了读书会，上起了音乐课，组织了去森林公园的春游。

暑假里，学生志愿者特别多，所以电影院筹备了一趟去邻市的短途旅行，为期三天，冀小北也在其中。

才第一天，陈琢就度日如年了，但是不好意思说，脸上挂不住。

到第二天，他开始憋不住了，一早上就骚扰了冀小北三次。

冀小北很认真地问："陈琢，你今天不上班吗？"

陈琢理直气壮地回他："羡慕你在外面玩，搞得我都不想上班了。"

冀小北连忙解释道："啊……可是我明天就回来了呀。"

结果陈琢抓耳挠腮地等到第三天，冀小北说要推迟一天回来，他晕了："真的假的？这还能延迟？"

冀小北让他下班回去后早点休息，陈琢微微叹了口气："晚上加班呢，本来都打算旷工去接你了，你不回来，我还是在公司干完活再回家吧。"

冀小北有点忐忑："你生气啦？"

陈琢故意凶他："生气了，明天你就等着吧。"

冀小北细声细气地说了一声"哦"。

陈琢忙到九点多才下班，刚走出大门就看到花坛边上有个特熟悉的身影，穿着他俩一起排队抢到的热门漫画系列 T 恤。

陈琢发现自己被耍了："你不是明天才回来吗，在这儿干吗？"

冀小北循着声音走到他面前，踮起脚，摸了摸他的头："放学了，我来接陈琢小朋友回家啊！"

每次"看"完电影，散场的时候陈琢都爱说："放学了，我来接贝贝小朋友回家。"总算让他逮到机会，反过来"实践"一次了。

002

其实，一开始，冀小北管陈琢叫陈老师。一个礼拜后，陈琢决定跟他好好谈谈："到现在了，你就别叫我老师了吧？有点奇怪。"

冀小北想了想："那要叫什么啊？"

陈琢循循善诱："像我叫你一样。"

冀小北卡了半天，憋出来一句话："那我也要叫你的小名吗？"

因为冀小北不好意思，最后陈琢的想法还是没能实现。

003

说起那 T 恤，还是换季的时候他们俩去商场买衣服买到的。冀小北其实对这些无所谓，陈琢让他试什么，他就试什么，后来才想起来问了一句："这个外套是什么颜色？"

陈琢说是蓝色，冀小北撇了撇嘴，把衣服脱下来："我喜欢黑色。"

陈琢想不通了："你没穿过黑色啊……"

冀小北一脸惊讶："怎么会呢？我的衣服都是黑色啊！"

陈琢无情地向他揭露了残酷的真相，冀小北傻了："那件羽绒服是黄色的？袜子上还有个熊头？！不可能的，你肯定搞错了。我一直都是一身黑！我超酷的！"

陈琢慢悠悠地说道："其实吧……你不止穿过熊头，你还穿过兔头、狗头、猫头、大象头，小姑是不是给你买了个动物园套装呀？"

冀小北绝望地捂住脸："啊啊啊！才没有！你不要再说了！"

004

他们有空就会约着出去玩，陈琢不放心让冀小北一个人出行，总是去冀小北家接他，再把他安全送回去。两个人都是独居，陈琢就琢磨着要不干脆搬到一起住算了，平时也能照应一下小北。

秋天，冀小北搬去了陈琢家。冀小北的东西很少，一个双肩包就装完了。

陈琢开车去接他，见他怀里抱着背包，站在小区门口和保安大叔唠嗑。那保安大叔尽职尽责，盘问了半天，再三确定了陈琢不是坏人，才让他把人领走。

刚到新环境，冀小北有点不习惯，磕磕绊绊地，撞完桌子撞凳子，撞完凳子撞柜子。咚咚咚的声音，听起来就很痛，陈琢有些心惊。冀小北一站起来，陈琢就忙不迭地跟过去牵住他，另外，白天出门前还会把桌子椅子全都推到角落里，防止他绊倒。

其实冀小北不喜欢这样，他问陈琢："你是不是觉得我这样很麻烦啊？"

陈琢心里一软："怎么可能？你说什么呢？"

"那你别弄这些，让我自己摸索就行了。我在哪里撞过一次，我就记住了。你给我一点时间，我很聪明的！"冀小北拍了拍胸脯，信心满满地表示，"陈琢，我们现在住在一个屋檐下，不是只有你能照顾我，我也可以照顾你的。"

陈琢还能说什么呢，第二天就给那些家具的尖角包上了防撞海绵，每天帮冀小北上药揉一揉身上的淤青。这招冀小北还挺受用的，每次被他揉得舒舒服服的，跟小动物一样窝着，一会儿就呼呼地睡着了。

陈琢那时候就想，他不在的时候，贝贝能自己照顾好自己就够了。

005

不过话还是不好说得太满，没过几天，陈琢就重感冒了。他觉得很丢脸，晚上回去也不敢多说话，怕冀小北听出来。

结果冀小北一晚上围着他转圈圈，问了三遍："你为什么不说话？""陈琢你今天为什么不说话？""为什么不说话？"

最后陈琢被冀小北打败了。冀小北皱着眉头，摸摸他的手腕，摸摸他的锁骨，摸摸他的耳朵，越凑越近。

陈琢一抬手把他截住了："没什么，就是感冒了。"

冀小北赶紧伸手去摸他的额头："你发烧了。"然后摸着床沿下床，出去倒了杯热水后，蹲在柜子那儿找药箱——他已经对这个家的布局非常熟悉了。

冀小北给陈琢喂了一片退烧药，然后安排他躺在床上，往他身上盖了一层、两层、三层、四层被子。

陈琢一阵无语："……好重啊，你要压死我了。"

冀小北拿着湿毛巾嗒嗒嗒地跑回来，摸索着敷在他的额头上："我妈妈说过，发烧了，出一身汗，睡一觉，第二天就好了。"

冀小北其实很少提到他的父母，陈琢心头一震。

冀小北闷闷地说："陈琢，我妈妈特别漂亮。"

陈琢在冀小北脸上掐了一下："我想也是，看你就知道了。"

冀小北就笑了："不是哦，别人都说我长得比较像爸爸。你见过我小姑的，我爸和我小姑是龙凤胎。你想象一下，我小姑短头发的样子差不多就是我爸了。"

陈琢听小姑说过，当年出事的时候，贝贝的爸爸妈妈把贝贝紧紧护在怀里。陈琢关了灯，哄小孩睡觉一样，一下一下地拍着他的背。

过了好一会儿，冀小北喃喃道："陈琢，明年春天扫墓的时候，我可以带你去见我爸爸妈妈吗？"

陈琢用最温柔的声音说"好"。

006

Be Your Eyes 发展得很不错，越来越多的人参与进来了，志愿者的数量翻了好几番。这几天有一家很有影响力的自媒体平台派人过来做采访，陈琢作为整个公司的"颜值担当"出镜。

拍完以后，那边的导演过来找陈琢："你好，有个私人问题想问你，我同事想邀请你晚上一起吃饭，请问有时间吗？"

手机铃声适时地响了起来，陈琢露出一个抱歉的表情："不好意思，来电话了，我先接一下。"

冀小北在那边问："陈琢，你今天准时下班吗？"

陈琢："嗯，怎么了？"

冀小北："我去接你放学啊！"

挂断电话，陈琢转向导演，眨了眨眼："对不起啊，我有约了。"

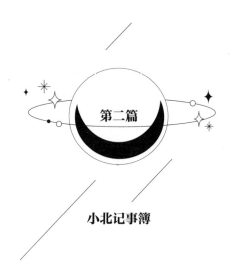

第二篇

小北记事簿

第一章

带他回家

001

陈琢下班回家，冀小北已经在门口恭候多时了。冀小北把陈琢拖到沙发边上，抬手一指："陈琢你看！你快看！"

这张米白色沙发是之前他俩一起去宜家选的，上个月冀小北不小心把葡萄汁洒在上面了，布料上染了一片浅紫色的印迹，擦不掉。

冀小北指着的地方还是紫色的，陈琢没明白他想说什么。冀小北把桌上的清洁剂拿来给他看："我用这个把沙发擦干净啦！"

陈琢完全不记得家里有这东西："这清洁剂哪儿来的啊？"

冀小北："白天有人上门推销，说是万能清洁剂，沙发上弄脏了，一擦就干净了。我擦了一下午，是不是超干净！"

这么一说，陈琢就知道了。这是很古老的骗局了，推销员会先给你试用他的清洁剂，效果的确很好，但是后来掏钱买的那些，瓶子里装的全是水。陈琢估摸着那骗子来他家是不是连第一步都省了……冀小北太单纯，还不知道这个世界上有很多坏人。

陈琢沉着脸，冷着声说："手伸出来。"

冀小北听出来他不太高兴，愣了一下，有些不安地说："干吗呀……"

陈琢啪的一声打了一下他的手心："这是惩罚，下次不准随随便便给陌生人开门了，我不在家，多不安全！"紧接着从拎回家的塑料袋里拿出一个草莓放到他手心里，声音也温和下来，"这个呢，是奖励，奖励你把沙发擦干净了。"

冀小北立马又开心了，手指收拢起来，摸出了水果的形状。

"好大的草莓！"

002

每天晚上洗完澡，是他们的读书时间。陈琢从浴室出来，冀小北已经捧着书坐在沙发上等他了。陈琢一坐下，冀小北就手脚并用地靠过去，把书塞到他手里。

陈琢翻到昨天那一页，刚准备往下读，灯突然灭了。

冀小北抓着陈琢的手臂晃了晃："开始吧，开始吧。"

陈琢告诉他："停电了。"

等了好一会儿，电也没来。陈琢去楼下问物业，让冀小北乖乖在家里待着。结果他从物业回来，就看到冀小北站在楼道口等他。头顶的路灯在冀小北的脚下照出一个灰色的影子，小小的，淡淡的，有点孤独。

陈琢快步走过去："不是让你在家等我吗？怎么下来了？"

冀小北抓住他的手，说："我怕楼道里太黑了，你会摔倒，你跟着我吧。"

其实陈琢手机里就有手电筒，可是冀小北没想到，光想着没灯，陈琢会看不清路了。陈琢默默地把手电筒关掉，把自己交给冀小北，他们在黑暗中一起慢慢走。

冀小北问他："物业怎么说？"

陈琢说："好像是施工的时候把哪儿的电缆挖断了，在抢修。"

冀小北有点郁闷："那今天晚上不能读书啦。"

陈琢捏了捏他的肩膀："明天补给你，今天早点睡吧。"

冀小北心里偷着乐，平时都是陈琢带着他走路，这次终于轮到他带着陈琢走了——黑暗他最熟悉了。到了家门口，他熟练地拿出钥匙，熟练地对准锁孔，打开门。

冀小北感到很骄傲，在这个没有灯的夜晚，终于轮到他照顾陈琢一回了。

003

冀小北最近不开心，可是不能告诉陈琢——因为陈琢身边又多了一个"贝贝"。

陈琢的姐姐生了个女儿，小名也叫贝贝，也不能说"也"吧，毕竟冀小北其实不叫贝贝……

有天晚上，两个人聊天。

陈琢问他："贝贝，你最近是不是有心事啊？"

冀小北支支吾吾地说："……没有啊，哪儿有的事儿！"

陈琢盯着他，想从他的表情里看出些端倪："明明哪儿都有。"

冀小北撇了撇嘴："那我说了，你不准笑我。"

听他这么说，陈琢已经有点想笑了："你先说，我再决定笑不笑。"

冀小北哼了一声，转过身，不理他了。

陈琢赶紧抓着冀小北的肩膀，把他扳回来，说："我保证不笑，你说吧。"

冀小北犹犹豫豫地开口："就是，你姐姐的女儿也叫贝贝……"

陈琢还真忍不住地笑了，还学冀小北以前的语气说话："就为这个啊？你以前还不让我叫你贝贝来着。你不是最爱说，我不叫贝贝，是东南西北的北。"

冀小北："你明明答应我不笑的！"

陈琢想了想："那我不叫她贝贝了吧。"

冀小北不好意思了："那怎么行，我不是这个意思……"

陈琢郑重说道："不叫贝贝了，我以后叫她小公主嘛。"

冀小北马上逼问他："哇，那我呢？"

陈琢扬了扬眉毛："什么你呢？"

冀小北一字一顿地说："小王子！叫我小王子！"

陈琢说："不行，你不能做小王子。"

冀小北愤愤道："为什么呀？！"

陈琢："因为差辈分了呀。"

冀小北："……"

004

下班后陈琢买了一盒榴梿放进冰箱里，准备当饭后水果吃。结果刚拿出来，冀小北就闻臭而来，不让他在屋里吃，态度非常坚决地把他驱逐到阳台上去了："不吃完不准进来！"说完，还把阳台门关得严丝合缝的。

陈琢心想，行吧，那我就听贝贝的话，吃完再进去。外头北风那个吹，他加快了咀嚼的速度。冀小北在屋子里转了一圈，觉得有点凉飕飕的，他回卧室开了空调，还习惯性地锁上了阳台门，想着洗个澡回来屋里就热乎了。

冀小北开开心心地洗完澡，发现自己忘记拿裤子进来了，他在里头喊陈琢喊了半天，忽然反应过来，他好像不小心……把陈琢……锁阳台上了……

他嗒嗒嗒地跑到阳台那里，手忙脚乱地推开移门，特心虚地叫了一声："……陈琢？"

没人应他，冀小北跨出去，两只手探出去往前摸："陈琢，你生气了？"

他在阳台上走了一圈，陈琢既没有说话，也没有让他摸到自己。他有点急了："我不是故意的，刚刚开空调去了，不小心忘了，你不要生气好不好？"

下一秒他脸上就被冰了一下："冀小北，你这是诚心要谋杀我啊，冻死我了。"

冀小北刚洗完澡，浑身热乎乎的。陈琢的手冷得像冰块，恶作剧似的一左一右地捧住他的脸："给我焐焐手。"

"我错了，我错了！"冀小北冻得浑身瑟缩了一下，"我忘了你在阳台，开空调的时候，顺手锁上了门，然后就去洗澡了。"

陈琢收回手："不逗你了，走吧，回屋吧！"

关上阳台的门，这是一个暖烘烘的冬夜。

005

中午，陈琢接到冀小北的电话，说家里有只鸟在飞。

陈琢还以为自己听错了："有只什么？"

冀小北大声地重复一遍："有只鸟！"

陈琢有点蒙："怎么会有只鸟啊？"

冀小北可怜兮兮地说："我怎么知道嘛，就是有只鸟，它一直在到处飞……"

陈琢问："现在还在飞吗？"

冀小北屁屁的，感觉都快哭了："嗯，我一个人躲在浴室里，它一只鸟在外面飞。"

陈琢又着急又好笑："这么怕呀，那你去小姑家待一天好不好？我下班去小姑家接你。"

冀小北想了半天，憋出来一句："可是……可是我不敢从浴室里出去。"

到了快下班的时间，陈琢打电话回去："贝贝，你不会真的在浴室里待了一天吧？"

冀小北哼了一声："我出来了！我把小鸟关在书房里了！"

陈琢像哄小孩那样夸他："这么厉害啊，那等会儿我回去就把它捉住。"

"不要捉住，要放掉……"冀小北惊叫起来，"怎么办啊，它又在里面撞门了，啊啊啊！"

陈琢细声安慰他："没事，别怕，我下了班就马上飞回去救你。"

陈琢到家的时候，冀小北坐在楼梯口等他，他赶紧扶冀小北站起来，好好表扬了一番。回去后他打开书房门一看，这哪儿是鸟，这是只大蝙蝠，估计是昨天大半夜的时候，从阳台那儿溜进来的。他看着心里直发毛，只好硬着头皮上，花了半个多小时，才终于把蝙蝠从窗口赶了出去。

冀小北一直缩在他身后抓着他的衣角，听着终于没有扑棱棱的声音了，才开口问："小鸟出去了吗？"

陈琢怕吓着他，没告诉他是蝙蝠："嗯，飞走啦。"

冀小北舒了口气："它受伤了吗？它今天一直到处乱撞，肯定受伤了。"

陈琢摸了摸他的脑袋以示安慰："应该没有吧，我看它咻的一下飞得挺快。"

冀小北有时候天真得像个小孩子："我怕把它关书房里，会饿，还在桌上放了一把米，也不知道它吃了没有。"

陈琢无奈地笑着说："现在我饿了，你也喂我一下呗。"

006

这几天温度骤降，天气预报还说周末要下雪，陈琢每天下班回到家都冻得像根冰棍。冀小北摸摸他冻僵的手，扒拉他的衣服，一件棉袄，一件毛衣，一件……就没啦？

冀小北痛心疾首地说："陈琢你好可怜啊！连秋衣秋裤都没有！"

第二天，冀小北就让小姑带他去商场买了两套秋衣秋裤，外加一条大围巾。

陈琢从小就不爱穿这玩意儿，觉得有失男人的颜面，你懂的吧，就跟大夏天的时候，太阳当空照，男生还不好意思打伞一样。冀小北强迫陈琢把秋衣秋裤穿上，每天亲自检查他有没有把秋衣扎在秋裤里，把秋裤扎在袜子里。

陈琢表示抗议："我真的不冷啊，贝贝！"

冀小北用小姑的话教育他："那你老了以后就不行了！我小姑说了，现在不穿暖一点，老了以后就会得关节炎、老寒腿。"

陈琢特严肃地声明："……话可不能乱说啊。"

冀小北跑远了，还哼了一声。

除此之外，冀小北还强迫陈琢出门就要戴围巾，不许他路上摘下来。他嘴上答应得好好的，其实一出楼道就把围巾扯下来了。

有天陈琢下班回来，冀小北早早就候在家门口。他想逗陈琢玩，于是踮起脚，两只热乎乎的手直接往陈琢的围巾里钻，一摸就发现对方的脖子冷冰冰的："骗子！你是不是在楼梯上才戴的围巾！"

陈琢没想到这就被戳穿了，摸了摸鼻子，顿时有点尴尬。

冀小北做出一个很凶的表情："反正我以后会每天监督你的，你就等着吧！"

陈琢觉得他这个凶巴巴的表情太可爱了，梗着脖子笑出声："我妈都不这样，你这简直就是我奶奶才会做的行为。"

冀小北两手叉腰，理直气壮："就准你管我？不准我管你？"

007

早上，陈琢迷迷糊糊的，冀小北过来戳了戳他的手臂。

"陈琢，帮我拿一下纸。"

陈琢伸手抽了两张纸巾给他，听到边上擤鼻子的声音，问道："感冒了？"

冀小北哼哼唧唧地小声说："不知道，就是流鼻涕。"

陈琢伸了个懒腰，转头看见他的纸巾上有一大团红红的，吓了一跳："天，你不是流鼻涕，而是流鼻血了……"

陈琢让冀小北捏住鼻翼，自己起床去给他拿棉花和湿毛巾，一边手忙脚乱地给他止血，一边唠唠叨叨："肯定是太热了，昨天晚上的空调温度开那么高，你还整天像仙人掌一样不肯喝水，你自己好好反思反思！"

冀小北仰着头，哼哼唧唧地说："我都这么惨了，你还怪我，你还凶我，你还要出差！"

陈琢无奈地说道："所以重点是我要出差？"

临走，陈琢还有点不放心，摸摸他的额头："我出去三天呢，你要不要去小姑那儿住？我跟小姑说好好监督你喝水的。"

冀小北斩钉截铁地拒绝："我不要！我又不是小孩子！"

陈琢只好说："那我来监督，一天八杯水，你喝的时候，主动给我发视频。"

冀小北觉得那样好傻："……我不要。"

他还真憋足了一口气，一整天没跟陈琢联系，可是睡觉前，还是忍不住拨了过去。

视频一接通，冀小北就怪罪道："你怎么一天都不找我说话！"

陈琢计谋得逞："所以你现在打算直播喝水了吗？"

冀小北咕噜咕噜地灌下去了两杯水："我好可怜啊。"

陈琢被他那委屈巴巴的表情逗乐了："怎么个可怜法？"

冀小北可怜兮兮地说："你看我都流鼻血了，这么冷的天还要一个人在家，你都不联系我，我打过去，你还凶我，还不准我开空调，被子里真的好冷啊！"

陈琢被他说得心软了："那么冷吗？要不你开一会儿空调，只准开一会儿啊，睡觉就关掉，别又热得上火了。"

冀小北叹了口气："那我开三个小时的空调。"

陈琢说："一个小时吧。"

冀小北讨价还价："两个小时。"

陈琢继续给他压缩时长："一个半小时。"

冀小北小声地争取："一个小时。"

陈琢慢悠悠地收尾："好，成交。"

冀小北一愣，这才发现自己被陈琢"套路"了。

008

那次，陈琢见到冀小北的小姑可以说是毫无准备。那时候，他俩和好了，经常在一起。周末晚上，陈琢把冀小北送回家，两个人在冀小北家的楼下你一言我一语地聊电影，正聊到兴头上，不舍得回家。

陈琢远远地看见有个阿姨走过来，还以为是这栋楼的住户。冀小北反正是不知道的，自顾自地噼里啪啦一顿说。

阿姨停在他俩面前，死命地盯着他俩看，陈琢觉得有点不对劲了，这时候，阿姨说话了："外面的风吹着不冷吗？"

冀小北吓得差点坐地上去，赶紧让开一步，靠着墙，立正站好。

"小姑？！你怎么来了……"

陈琢恭恭敬敬地打招呼："小姑好！"

意料之外的见面，一阵手忙脚乱。

小姑大包小包地拎了好多东西，虽是和冀小北说话，但眼睛一直盯着陈琢看："家里包了馄饨，给你送点过来。走吧，上去，还有你也一起。"

陈琢就这样稀里糊涂地第一次进了冀小北的家门。

冀小北小心翼翼地试探着问道:"小姑?那个……"

小姑直接把他下半句话堵回去了:"你就在客厅待着,我和……"

陈琢很机敏地插了句自我介绍:"小姑,我叫陈琢。"

小姑点了点头:"我和陈琢去房里说几句话,你不准进来。"

冀小北垂下脑袋:"哦。"

他嘴上是答应了,脚步没停,跟着他们往房里走,想溜进去,结果小姑眼明手快地关上了门,砰的一声把他关在了外头。

小姑微微地叹了口气:"我听小北说起过几次,在那个帮助盲人的软件上,他认识了一个朋友,我还以为是哪个人美心善的姑娘家。"

陈琢也是第一次面对这种场面,不免有些紧张:"是我不好,我知道您很关心小北,我应该早点去拜访您的。"

小姑开门见山,一点也不拖泥带水:"首先我肯定是要谢谢你。在你之前,我们试过很多很多办法,他都不愿意出门。"

陈琢还没想好怎么回应,小姑又说:"然后另一方面,我也想要恳请你,如果哪天觉得无聊了,希望你慢慢和他说,给他一个接受的过程。"

陈琢听得认真,马上接道:"小姑,我不是为打发时间,从认识小北到现在,我一直都是很认真的。"

小姑的心情并不轻松,她又想起冀小北停用 Be Your Eyes 那几个月时的样子:"我不是不相信你,但是……从出事开始,小北就一直封闭着自己,他好像总是待在自己的世界里,不愿意出来。很感谢你，你是他主动接触的第一个人，从认识你开始，他变得愿意出门了，愿意结交新朋友了。你对他来讲很重要，但是我不知道，你是怎么想的，毕竟小北他和大家不一样，他眼睛看不到……"

陈琢沉声说道："小姑，你放心，我是带他走出去的那个人，也会是带他回来的人。"

冀小北在门口竖着耳朵偷听，但是这实木门的隔音效果太好了，一个字都听不到，后来他干脆整个人都趴在门上听。陈琢从里头一开门，他重心不稳，直接一头栽倒在陈琢身上。

冀小北摸了摸脑袋，"咝咝"抽气："你们俩说什么了？我小姑很凶的，她没训你吧？"

陈琢笑了笑。

小姑跟在后面一起出来了，清了清嗓子："说谁凶呢？"

冀小北秒尿，嘿嘿傻笑："没有，没有，您听错了！"

第二章

鲜虾干贝粥

001

自从他们两个相熟起来后，冀小北就获得了一项"伟大"的特权，那就是拥有了一位私人电影讲解员。如果陈琢有讲解任务，他可以在冀小北面前一遍一遍地练习，在冀小北的指导下变得越来越好；如果陈琢没有讲解任务，他就让冀小北自己选想看的电影，他一边看一边讲解给冀小北听。

有一次，他们一起看一部爱情电影。吃过晚饭的两个人窝在沙发里，剧情过半，男女主吵着吵着，忽然就亲上了。

陈琢愣了一下，忽然就不知道怎么解说了，干脆不说话了。

冀小北一脸天真地问陈琢："他们怎么不吵了？"

陈琢有点尴尬，自从知道冀小北比他小七岁，他就总有种带坏小孩子的感觉，看到这画面，差点大喊一声"少儿不宜"。

电视里持续传来一些奇怪的声音。

陈琢清了清嗓子："他们在……那啥……在吃东西。"

冀小北吧嗒吧嗒地舔着一根棒棒糖，慢悠悠地冒出来一句："骗人，他们肯定在亲嘴，吃什么东西啊，互相吃对方的嘴唇吗？"

陈琢闹了个大红脸："你懂的还挺多。"

冀小北摇了摇头："陈琢同志，你这样是不行的，这么重要的情节怎么可以随便跳过呢？如果现在是在电影院里，你忽然下线了，观众朋友们怎么知道发生了什么呢？这情节不就断了吗？故事不就看不懂了吗？这个问题很严重，你一定要注意一下。"

这话就让陈琢很没面子了，陈琢忍不住挣回去："我都给你当免费解说了，你还嘚瑟上了是吧？你知道这种一对一的服务收费有多贵吗？"

冀小北咂咂嘴："要是这么说，我还给你当免费指导了呢！你知道这种一对一的服务收费有多贵吗？"

002

陈琢想把冀小北介绍给父母认识，但这事儿小姑一直不同意。她虽然对陈琢很感激，平日里也很客气，但想来不是每个父母都能接受儿子有冀小北这样的朋友，她怕小北被误会、被歧视，甚至被伤害。

小姑很严肃地发出警告："我家小北是很好的孩子，他没有亏欠过别人，我不能让他在别人那里受气。"

陈琢跟她承诺，一定把一切问题都处理好，绝对不会让冀小北受一丁点委屈。这话说起来简单，真正做起来肯定很难。

当儿子说要和一位盲人朋友一起住，陈妈妈很不理解——生活上肯定很不方便，自己儿子肯定是照顾人的那一个，应该会很累吧。

陈琢用了快半年的时间才说服陈妈妈，让她总算是答应暂时不反对这件事。陈琢趁热打铁，试探地问，要不今晚视频一下？

那是陈妈妈和冀小北第一次"见面"，冀小北紧张死了，全程也没说几句话，只是笑得脸都僵了，两只手紧紧攥成拳。陈琢的余光看到了，就伸手过去在他背上碰了碰。冀小北看不到，有时候肢体动作更能给他带来安全感。

结束以后，冀小北重重地舒了口气："唉，我刚刚紧张得都不会说话了，不知道阿姨会不会喜欢我。"

陈琢轻轻地拍了拍他的脑袋，安慰道："别想这么多了，我会处理好的，相信我好吗？"

冀小北蹙了蹙眉："不行，让阿姨喜欢我是我的事，不是你的事，你别插手。"

陈琢想着法子宽慰他，开玩笑说："大不了不理我妈，管她怎么想呢，我就乐意和你待一起。"

冀小北小声说："这样是不对的，陈琢。我妈妈要是在，我肯定舍不得和她闹别扭。"

陈琢心一颤，揉了揉他的头发，不知道怎么接话了。

冀小北像个大人一样和他讲道理："所以你别和阿姨吵架啊，阿姨肯定是为你好。你看这个世界上也没有满分的人，对吧。人总有这样那样的缺点，我这个缺点可能大了那么一点点，那我在别的地方多努力努力，想办法把这个扣分的地方补上一点。我会让阿姨慢慢喜欢上我的，你也相信我吧，好不好？"

这么一番对话下来，陈琢觉得和冀小北一比，自己真的太幼稚了。他俩不知道刚刚挂断键没按到，视频还一直连着，这些话全让陈妈妈听到了。

从那天起，冀小北每个礼拜都想着要和陈妈妈视频，比陈琢本人都积极。

一开始的两个月，他在网上搜陈琢他们老家的方言教程，每次讲着电话就突然一本正经地冒出几句蹩脚的方言，把陈妈妈逗得直乐。

到第三个月，他已经能熟练地跟陈妈妈"卖萌"了。上次买万能清洁剂的事儿，后来电视里播了，指明这是推销骗局。他跟陈妈妈说自己好生气啊，不是因为被骗了钱，而是因为被骗了感情，他以为沙发真的擦干净了呢。

第五个月，陈妈妈给他网购了一套天蓝色的睡衣，他每次视频的时候都特宝贝地穿着，还跟陈妈妈说最喜欢天蓝色了。

有一次陈琢加完班回去，发现冀小北在和他妈妈视频，冀小北正在炫耀自己让他秋裤包秋衣、袜子包秋裤的"光荣事迹"。

这俩人现在聊天已经不带他玩了。

陈琢站在门口清了清嗓子，冀小北转过头："你回来啦，那你们聊吧。"

陈妈妈在视频那头接道："换他干吗？我和他没什么要说的。"

陈琢接过手机："怎么到我就没什么要说的了？是亲妈吗？"

陈妈妈敷衍地问道："哦……那我问问你，你过年什么时候回来？"

陈琢挤在冀小北边上坐下："和以前一样，还是小年夜吧，要上班呢。"

今年，陈妈妈邀请冀小北到他们家过年。

陈妈妈叹了口气："那不行，我想早点见见北北。小可怜又不能自己一个人坐车，不然就让他先回来了。"

陈琢大惊："不是吧，你们这都约好了！"

谁知道陈妈妈已经安排得明明白白："要不我过去接他吧？"

这剧情走向，陈琢还真没想到："……不是，妈，你把他带走了，那我呢？"

陈妈妈仿佛没听到："我去查一下下个礼拜去你那儿的高铁票，就这样吧，挂了啊。"

陈琢脑子里嗡嗡的："……喂！妈？喂？"

003

冀小北以前不喜欢雪天。因为下雨有声音，可是下雪的时候没有。下起雨，他能知道是大雨还是小雨，是正在下还是已经停了。下雪的时候，他听不出来，他不喜欢这种未知的感觉，好像被整个世界排除在外了，被丢下了。

可是今年不一样了，他身边多了一个人的陪伴。

天气预报说，这个周末有雪。冀小北几乎隔半小时就要问陈琢一遍："下雪了吗？"

陈琢每次都回答他："还没有。"

从早上八点问到晚上八点，冀小北很生气："这个天气预报怎么可以骗人啊！"

到了晚上，外面的风呼呼直吹，冀小北扭过头，一脸期待地看着窗户的方向："是不是要下雪了呀？"

陈琢能给他气死："都快睡觉了，你还关心下不下雪？"

冀小北发号施令："你去看看嘛，下了没有。"

陈琢带他来到阳台上："下了吗？"

冀小北竖起耳朵听："雪的声音太小了，我听不清……"

陈琢引导他把手伸到窗外："摸到了吗？有一点小雪。"

小小的雪花落在手心里，凉丝丝的，很快就融化了。冀小北忍不住打了个寒战，往回缩了缩手："那明天就能堆雪人啦！"

因为太兴奋了，冀小北一晚上没睡着，第二天在床上赖到了中午。

陈琢过来叫他："不是要堆雪人吗？再不起来，雪要化了。"

冀小北还没睡醒，翻了个身："可是我好累，我想睡觉。"

004

陈妈妈说到做到，第二个礼拜就风风火火地赶过来了。她给自己儿子发了车次，让他到点来接，还特意叮嘱他一个人来就行，别折腾小北。

冀小北肯定不能答应，这可是他和陈琢的家人第一次正式见面，不能马虎。为此，冀小北还特意穿上了那件暖黄色的羽绒服，他想着长辈应该都喜欢阳光、有朝气一点的晚辈。

陈琢好久没见他穿这件外套——自从冀小北知道这件羽绒服不是黑色的以后，就再也不肯穿了。陈琢想，还是自己亲妈面子大，他都好久没见过这个"绝版"的冀小北了……

晚上八点，两个人在出站口等着接人。陈琢怂恿冀小北给陈妈妈发了条语音，说他们已经到了，特意强调自己穿着一件黄色羽绒服。

一到冬天，大家的外套颜色一般都比较深。冀小北特明亮的一抹黄杵在人群里，陈妈妈一眼就看见他了。

陈琢抓着冀小北的手腕，让他招了招手："打个招呼，贝贝，我妈出来了哦。"

冀小北有点慌，很配合地大力摆着手："她到面前了，你告诉我一下。"

过了十几秒，陈琢捏了捏冀小北的手暗示。冀小北紧张得要命，卡了几秒钟，磕磕巴巴地叫了一声："阿……阿姨、阿姨好。"他很真挚地抬头，看向他以为陈妈妈在的方向，其实没对准，有点偏。

陈妈妈主动往他正对面挪了一步："不是让你不要特意来接我吗？陈琢没和你说？"

冀小北特别乖地笑了笑："他说了，我不听他的，我就想快点来见您。"

一路上，陈妈妈一直在批评陈琢拉着冀小北折腾来折腾去。陈琢在一边拖着行李箱："哎哟，您别瞎操心了行不行，我一直小心牵着呢，保证丢不掉的。"

冀小北赶紧点了点头："嗯，是我自己要来的！而且我很聪明的，一个人也可以去外面！"

陈妈妈住在主卧。

冀小北睡觉认床，换了个环境，不太习惯，一个人缩在被窝里数羊。数到一千零一的时候，房间的门突然开了，他惊了一下，向着门口的方向小声说："陈琢？"

没有回应。下一秒，床垫就陷了下去，是陈琢进来了。

冀小北拍了拍胸口："你吓死我啦。"

陈琢："快睡吧。忙了一天，辛苦你了。"

冀小北缩回被子里，过了一会儿，忽然大喊一声："完蛋了！"

陈琢被他吓一跳："怎么了？"

冀小北一脸懊恼："都怪你忽然进来！我都忘了刚刚数到第几只羊了！又要从头开始数了！啊啊啊！都怪你！"

005

最近冀小北在学做饭，从最简单的煮粥开始。每天一大早，他就起床，然后去厨房里捣鼓。

陈琢肯定是不放心的，厨房里又是锅碗瓢盆，又是菜刀水果刀，还有天然气和灶台，怎么想都太不安全了。

他一开始陪着冀小北折腾，冀小北不愿意，特别无情地把他赶走了，还说："我自己就能行，你每天多睡半个小时，醒了就能吃到早饭啦！"

于是陈琢从光明正大地陪着，变成了偷偷摸摸地陪着。但是冀小北耳朵太尖了，陈琢哪怕有一点点响动，他都能发现。

那天早上冀小北在厨房煮粥，眼看就要烫到手，陈琢赶紧冲上去帮他。

冀小北哼了一声："你怎么又这样！不是说了让你别管，多睡半个小时吗！"

陈琢只好哄他："是你的粥太香了，我在梦里一闻到就立马醒了。"

虽然知道他在胡说八道，但冀小北还是有点小得意："我在粥里放了虾仁和干贝！"

于是陈琢故意问他："虾仁干贝粥多少钱一碗？"

冀小北想了想，竖起四根指头："四部电影一碗！"

陈琢夸张地感叹："这么贵！"

冀小北据理力争："哪里贵啦，干贝本来就不便宜。再说了，我这么早就起床了，还不值得四部电影吗？"

陈琢开玩笑："我给你讲解电影从来不收费，喝你一碗粥你还要问我收费。"

冀小北一本正经地跟他讲道理:"你给我讲电影不收钱,是免费的,那我一碗粥换来的四次电影讲解也是免费的,哪里收费了嘛!"

陈琢叉腰,表示不服。两个人你一言我一语地继续胡扯,直到闻到一股焦味……

冀小北心如刀割,大声痛呼:"啊啊啊,你赔我的虾仁干贝粥!"

陈琢给自己盛了满满一碗:"没事儿,焦了我也全吃完,一定不辜负你起了这么个大早的苦心。"

006

陈琢今天很奇怪,回家以后一直不说话。

鉴于上次出现这种情况,还是他感冒的时候,不说话是怕冀小北听出来他感冒了,所以冀小北很不放心。他一回家,冀小北就拉住他,摸他额头,看他有没有发烧。

摸完,冀小北惊呼一声:"陈琢,你怎么没头发了!"陈琢还没来得及说话呢,他又很认真地来了一句,"你是不是把假发摘了?"

陈琢气得差点晕过去:"冀小北,我给你十秒钟,重新组织一下语言。"

冀小北振振有词:"他们都说程序员没头发。"

陈琢拍了拍他的脑袋:"那是一般程序员,我是一般人吗?"

冀小北讪讪地"哦"了一声:"那你头发呢?"

说起这事儿,陈琢就痛心:"下午去理发店,一个新手给我把头发剪坏了,就只能先剃个寸头了。"

冀小北伸出手又摸了摸，有点扎手："你的头好冷哦。"

"能不冷吗，植被被破坏，严重沙漠化了。"推了寸头太不习惯，陈琢冻了一天。

冀小北伸手搓了搓他的脑门："我帮你焐焐。"

007

晚上两个人去外面下馆子，是冀小北最喜欢吃的江南菜。陈琢下班比较晚，周五人又多，到那儿的时候已经排到好几十号了。两个人坐在门口等位，忽然有人叫陈琢的名字，是个很好听的女声。冀小北听到陈琢站起来和人家打招呼，他有些不安地跟着站起来，一时间手足无措，陈琢拍了拍他的手背。

女生大概看出了小北的异样，小心翼翼地问："这位是？"

陈琢："介绍一下，冀小北，是我的……"

冀小北抢过话头接上去："弟弟。"

陈琢愣了一下，说："小北，这是我大学的班长。"

双方寒暄了一下，女生和闺密一起，也是两个人。

小桌等位时间长，女生提出四个人拼桌，可以快一点。

饭桌上，女生一直在找话题和陈琢追忆大学时光。

冀小北一句话也插不上，心里有点郁闷。他不让陈琢给他倒茶，不让陈琢给他挑香菜，不让陈琢给他剥虾，也不让陈琢给他盛饭。回去的路上还不让陈琢和他一起走，自己戳着导盲杖走在前面。

到了家，陈琢就拉着冀小北在沙发上坐下，然后在他面前蹲下来。

"你不开心啊？我看你今天连最喜欢的酒酿元宵都没吃几口，不是惦记了半个月吗。"

冀小北闷闷地说："我好像插不上话嘛。"

陈琢抓着他的手晃了晃："对不起，没有照顾到你的情绪。"

冀小北明显有些底气不足："你没有错，是我乱生气了。"

陈琢一下就笑了："那你倒是说说看你在生什么气？"

冀小北小声说："感觉她描述的你，有点陌生。我没有去过图书馆，想象不出来你在借书处做管理员会是什么样子。我也不知道大学的自习室，想象不出来你任劳任怨地帮大家占座的样子。大学的食堂是什么样，那个牛肉饼真的很好吃吗？你到现在都念念不忘。我也很想去看露天电影，是在操场上放吗？和我们在电影院看电影一样吗？因为那些都离我好远啊，所以那些场景里的你也跟着变远了……"

陈琢抓着他的手，这时候冀小北格外需要一些触觉上的安全感："我就在这里啊，我没有变远。找个时间，一起回我母校看看吧，去图书馆、自习室，去吃牛肉饼，去看露天电影。"

008

陈琢最近有培训会，每个周末从早到晚都要去上课，所以不能去做讲解志愿者，冀小北只能一个人去电影院了。

一开始，陈琢能感觉到冀小北不太乐意去，后来慢慢就变积极了。他有天无意中问了一句，冀小北说是因为新来了一个姐姐，自己超级喜欢这个姐姐讲电影，姐姐的音色很亮，平时讲话的语气却很温柔，但讲解电影的时候又很多变，讲解动作片的时候铿锵有力，故事片的时候娓娓道来，爱情片的时候婉转动听。

说者无心，听者有意，陈琢不自觉地就惦记上这号人了，毕竟冀小北男女老少通杀的本事他见识过好几回了。

那天，陈琢犹豫着要不要逃课，提前回去，就给冀小北打了个电话："我等下过去接你放学吧？"

那头冀小北答得很快："不用啦，姐姐说她顺路，正好可以送我回去！"

陈琢心想这课不逃是不行了："等着，等我过去接你，不准跟别人乱跑，听到没？"

冀小北弱弱地应道："没有别人啊……"

陈琢到电影院的时候，看见冀小北和他"超级喜欢"的姐姐站在门口有说有笑的。

冀小北嗒嗒嗒地跑过来和他讲的第一句话是："陈琢，姐姐居然还没有男朋友呢！"

陈琢："问那么清楚干吗，你要去给她做男朋友吗？"

冀小北摇了摇头，很认真地回答："我不要。"

这话一出来，陈琢瞬间感觉自己是一拳打在了棉花上。

陈琢有点郁闷——再这样下去，恐怕自己在冀小北心中"最佳讲解员"的地位要不保。

睡前，他刷到那个女生发的朋友圈。今天是电影院管理员的生日，大家买了个大蛋糕庆祝。女生发了好多照片，第四张是冀小北单独的大头照，嘴角蹭上了奶油，应该是拍照的人叫了他一声，他抬起头蒙蒙地望着镜头的方向。

陈琢点了保存，脑子一热，给人家写了句评论："下次有机会想听你解说。"

没想到对方秒回："这也是我想说的，我也想听听小北说的'最棒解说员'的现场解说。"

过了一会儿，女生给他发来消息："今天你过来电影院的时候，他超兴奋地跟我说有人来接他了。我说，那你知道接我的人什么时候来吗？他说不知道。我说还没生出来，哈哈哈。你俩是约好一起气我的吗？！"

陈琢因为"最棒解说员"这几个字心里一暖。

009

礼拜天早上，陈琢出去买早餐，回来一打开门，发现冀小北穿着睡衣，把自己团成一个球，蹲在门口。

陈琢吓了一跳，在他面前蹲下来："怎么了这是？"

没想到冀小北抓起他的手臂就咬，陈琢惨叫一声："疼、疼、疼，饿傻了就咬人啊？"

冀小北放开他，松了口气："不是梦，还好，不是梦。"

陈琢小心地拉他站起来："做噩梦了？"

冀小北抓着他的手，无助又可怜："我梦见你不见了，醒过来也找不到你。"

陈琢理了一下冀小北乱蓬蓬、软绵绵的头发，说："我出去买早饭了呀。"

冀小北吸了吸鼻子："你都不接电话。"

陈琢很用心地解释："我就下个楼，所以没带手机。"

冀小北又说："而且我打不开门。"

陈琢："我的错，出去的时候顺手把门锁上了。"

冀小北惊魂未定："吓死我了……"

其实不仅仅是做噩梦的时候，有时候刚睡醒，他也会觉得自己还在梦里面，因为睁开眼，眼前除了黑还是黑。他很害怕那一小会儿时间，可是他不想麻烦陈琢，所以一直没说过。今天正好做了个找不到陈琢的梦，醒过来怎么也找不到人，他一下分不清这是梦还是现实了，直接把自己吓哭了。

陈琢不知道发生了什么，哄小孩一样，一下一下地拍着他的背，细声安慰："好了，不哭了。昨天不是说想吃鸡蛋饼吗，我特意去买的，打了三个蛋，放了三根火腿肠，一张饼差点包不下。赶紧吃，别放凉了。"

冀小北抹了抹眼泪，抽抽噎噎地说："没有哭！这是梦里的我哭的，不能算在我头上！"

010

陈琢下班回家，冀小北捧着一个纸盒子在门口等，心里美滋滋地递给他："陈琢，给你礼物！"

这是陈琢关注了很久的一款运动鞋，冀小北偷偷研究了好久，今天好不容易从专卖店买回来了。

陈琢没接，语气严肃地问他："你去排队了？排了多久？"

冀小北有点紧张："就排了一会儿呀。"

陈琢没打算放过他："一会儿是多久？"

这下，冀小北感觉出来气氛不太对了："嗯……就一个小时吧？"

陈琢有点压不住脾气了："还跟我说谎，小姑都跟我说了，她陪你排了一天！"

冀小北小声嘟囔了一句："小姑明明答应我给我保密的……"

陈琢气不打一处来："这是重点吗？"

冀小北小心翼翼地岔开话题："你要不要先看看鞋子？"

陈琢心里着急，语气也不自觉地加重了："咳嗽了两个多礼拜，你还跑出去吹一天冷风？你知不知道，感冒一直不好会变肺炎的？！"

冀小北有点被吓到了，陈琢还从来没跟他发过脾气呢。他抱着鞋盒又委屈又生气："你好烦啊，我不要你管！"明明是想给陈琢一个惊喜的，结果自讨没趣。

话是说得挺狠的，结果晚上冀小北真的就"轰轰烈烈"地烧到了三十九摄氏度。

陈琢一晚上没睡，光顾着喂他吃药，给他换湿毛巾降温。第二天早上陈琢还请了半天假，等他不烧了，才敢出去上班。

冀小北也知道这事儿自己理亏了，他明着暗着向陈琢服软，结果陈琢就是不理他，就是不跟他说话，说的唯一一句还是："你不是嫌我烦吗？"

冀小北难受死了，他的生活里不能没有声音，离开了声音就一点安全感也没有了。陈琢不和他讲话，他就不知道陈琢还生不生气……陈琢会不会再也不和他说话啊？

陈琢下班回家已经九点了，一进门就闻到海鲜粥的香味，冀小北正泪汪汪、眼巴巴地候着他。他还是没说话，径自放下东西，在餐桌边坐下。

冀小北听到碗筷相碰的声音，终于憋不住了："你喝了我的粥，还没给钱！"

陈琢挑了挑眉："哦，多少钱？"

冀小北一拍桌子："八部电影一碗！"

一天下来，陈琢气也消得差不多了："你怎么坐地起价，这才几天，就翻一番？"

冀小北想了想，反驳道："现在……现在通货膨胀，你不知道吗！"

陈琢放下筷子："那我不吃了。"

冀小北急了："不行，吃了一口也要付钱！"

陈琢微微叹了口气："又不嫌我烦了？"

冀小北一听就知道他不生气了，一边笑一边软声说："我巴不得你快来烦我，快点快点。"

第三章

豆沙馅儿

001

这几天降温，周末两个人去外面吃了顿火锅，然后去商场买冬装。自从得知自己经常被小姑打扮得"花枝招展"后，在买衣服这件事上，冀小北变得非常谨慎，谁也不相信，每次都要亲自找店员反复确认手里的衣服是什么颜色。

"一身黑的炫酷男孩"选了一件黑色的卫衣，钻进了试衣间里。出来的时候，陈琢发现他衣服前后穿反了，于是和店员解释了一下，陪冀小北一起进了试衣间。

领口有点小，冀小北在那儿脱衣服，半天都没能把脑袋从里面拔出来。

冀小北急得乱晃："你是进来看戏的吗？！"

陈琢上手帮忙："过来，我帮你脱，你别乱撞了。把门撞得哐哐响……"

冀小北像小孩一样举高了手臂，等着陈琢帮他穿衣服。

陈琢凑近了，专心致志地帮他弄，完全没注意到试衣间的门锁没锁到位，插销滑开了，试衣间的门就这样慢悠悠地打开了。

陈琢在几个店员复杂的目光中石化了……

002

下午冀小北给陈琢打了个电话，说晚上约了妹妹一起吃火锅。

陈琢下班以后赶过去，看见他俩在火锅店门口，妹妹一看到他就是惊天动地地一声吼："亲哥，这儿呢！"

于是，陈琢不得不接受了来自四面八方的注目礼。

最开始妹妹叫他陈琢哥，改口是在妹妹结婚那天。按照习俗，哥哥要抱妹妹出嫁的，可是冀小北这个情况比较特殊，最后就由陈琢代劳了。

妹妹很感动："陈琢哥，以后我们就是一家人了。"

陈琢有点好奇，接着就听见妹妹声情并茂地喊道："亲哥！你以后就是我亲哥了！"

陈琢心想他们一家人都这么嘴甜、可爱又"脱线"吗……

妹妹怀孕四个月，已经有一点显怀了。平时家里管得严，不让她吃辣，趁着这几天老公出差，赶紧找她哥出来开小灶。两个人凑一起点菜，在麻辣锅底上面打了个大大的钩。

等他俩选完，陈琢把菜单拿过来："不吃辣锅。"

冀小北怒了："为什么呀！"

陈琢认真研究起锅底："妹妹要少吃辣，你咳嗽刚刚才好，也不准吃。"

冀小北瞬间蔫了："我不要，这和白开水煮菜有什么区别？！"

陈琢在鸳鸯锅上面打了个钩："那我给你加一半番茄。"

冀小北气得不行："我不要番茄锅！"

陈琢把他挥舞着的小拳头按下去："差不多啦，反正都是红的。"

冀小北发出一声悲鸣："你根本不懂火锅！"

锅底端上来了，妹妹咂了咂舌："天啊，你怎么这么惨！比我都惨！"

冀小北哼了一声："下次不带他，我俩自己出去吃。"

妹妹小声应和："我觉得行！"

陈琢尴尬地清了清嗓子："……这话你俩好歹趁我不在的时候说吧。"

吃之前是挺嫌弃的，结果东西端上来，他俩一点没少吃。

晚上，冀小北躺在沙发上滚来滚去："好撑……"

陈琢想起刚认识冀小北的时候，那时候感觉一阵风都能把他吹飞了："真的长肉了。"

冀小北哼唧哼唧："你说我胖了。"

陈琢实话实说："没有，是你以前太瘦了。"

冀小北嘀咕："那你还不让我吃。"

陈琢顿时觉得很冤枉："我不让你吃啥了？"

冀小北想起今天这顿晚饭就觉得痛心疾首："辣锅啊，我要吃辣锅！"

陈琢假装没听到，翻过身就闭上了眼睛。

冀小北听到夸张的呼噜声："不准装睡啊，啊啊啊啊！"

003

妹妹结婚那天，婚礼结束，他们回家的时候天都黑透了。冀小北跟着妹妹他们给别人敬了好多酒，喝得半醉不醉的，整个人都变得傻乎乎的……

陈琢扶着他走，骂他："小酒鬼。"

冀小北："那我又不能抱她，只能帮她多敬一点酒了嘛。"

陈琢："嗯，喝这么多难不难受？"

冀小北摇了摇头，小声说："陈琢，我妹妹特别好。可是我不好，她今天嫁人，我都没抱她。"

在冀小北眼里，谁都特别好，陈琢听他说过好多次了：我妈妈特别好，我爸爸特别好，我小姑特别好，超市的售货员特别好，小区门口的保安特别好，电影院新来的解说姐姐特别好。陈琢有时候觉得冀小北的心是棉花糖做的。

正好到楼梯口，他半蹲下来："我不是帮你抱了吗？"

冀小北很自然地趴到他背上，想了想："有道理。"

陈琢把他稳稳地背起来："觉悟不错。"

冀小北嘟囔着说："我妹妹都叫你亲哥了，我还只是个表哥呢。"

冀小北打了个酒嗝儿："为什么不理我？！"

陈琢怕他滑下来，把他往上颠了颠，不说话。

冀小北在他背上大着舌头催促："为什么？为、为什么不理、理我？！"

陈琢："再乱动，不管你了！"

冀小北醉醺醺地说胡话："陈琢你真好，你最好，你比所有人都好。"

上楼回到家，陈琢发现冀小北已经迷迷糊糊地睡着了，他把人直接丢到床上，想帮冀小北换睡衣。结果等他找到睡衣，一回头就看到冀小北卡在床沿那儿，再一个翻身，直接咣当一下，掉地上去了。

他吓死了，结果冀小北压根没醒，闭着眼睛，手脚并用地爬回了床上。他放下东西过去，冀小北已经呼呼大睡了。

第二天一醒过来，冀小北就哼哼唧唧地说脑袋疼。

陈琢一本正经地逗他："你昨天晚上喝醉，撞电线杆上了。"

冀小北才不信呢："你骗人！"

004

今天冬至，中午冀小北和陈琢连线，问他冬至吃饺子还是吃汤圆。

陈琢对他这个提问充满怀疑："我以为都吃饺子呢！还有吃汤圆的？不会是你自己想吃了，瞎编的吧？"

冀小北觉得冤枉："是真的好不好！谁瞎编了！"

事实上，陈琢已经准备好饺子了："我刚刚给你叫了一份饺子，韭菜鸡蛋馅的，应该快送到了。"

冀小北接道："那晚上就吃汤圆嘛！豆沙馅的！"

陈琢想了想："行，那我下班后去超市买吧。"

"我想自己做。"其实冀小北的主要目的就是想自己动手。

陈琢只好同意："也行吧，那你在厨房小心手，需要的话开视频。"

冀小北特别乖地嗯了两声。

晚上回去以后，陈琢发现灶上煮着一大锅面疙瘩，说好的汤圆呢？

陈琢用勺子在锅子里翻了两下："虽然面疙瘩也不错，但我还是想问下，你做的汤圆呢？"

冀小北清了清嗓子："事情是这样的，我下午熬了红豆沙……"

陈琢："然后？"

冀小北："然后我尝了一口，有点淡，就加了一勺糖。"

陈琢："然后？"

冀小北："然后我又尝了一口，还是有点淡，就又加了一勺糖。"

陈琢："然后呢？"

冀小北："然后我又尝了一口，还是淡，又加了一勺糖。"

陈琢："……"

冀小北一脸无辜："然后一不小心，就把馅儿全都吃完了，就只能做面疙瘩了，嘿嘿。"

005

冬天，冀小北这人自带静电。

有一天，两个人出去吃饭。出门的时候，冀小北一碰到门把手就是啪的一声；下楼，摸到防盗门，又是啪的一声。在公交车上，他去抓后门口的扶手，立马就被电了，吓得他忙不迭地缩起手。陈琢一只手抓住横杆，一只手把他往身边拉。

冀小北委屈巴巴地说："为什么就电我？！"

陈琢很认真地说："这个肯定是有原因的嘛。"

冀小北把手全缩进袖子里："什么原因啊？太干燥了？为什么就我这么干燥……"

陈琢清了清嗓子："比如你是……皮卡丘？"

冀小北愤愤道："我是认真地在问你，好不好！"

冀小北每次脱衣服，都要做好十足的心理建设，屏住呼吸，一阵噼里啪啦，电光闪烁。

陈琢看着他那颗炸毛的脑袋："贝贝，你现在好像旺仔牛奶的那个旺仔哦。"

冀小北："呵呵。"

第二天一早，陈琢刚醒，冀小北说有东西要给他。

陈琢还没太清醒，睡眼惺忪："什么东西啊？"

冀小北一脸兴奋："你把手摊开啊，快点。"

陈琢伸出左手，冀小北摸了他一下，拔腿就跑。冀小北穿了一件摇粒绒的衣服，他发现这件衣服最容易起静电，醒过来后他穿了脱、脱了穿十几次，就为了给陈琢一记绝杀。

006

这几天，陈琢对圣诞节简直怀有十二万分的期待，因为他一个礼拜前发现，冀小北在搜"圣诞节怎么过比较特别"。结果都到平安夜晚上了，冀小北也没做出什么特别的举动。陈琢很着急：你倒是把你学到的都展示一下啊！

他这边郁闷着，冀小北却钻浴室里洗澡去了，洗到一半，在里面大喊："陈琢，我没拿换洗的衣服！"

陈琢特无耻地喊了回去："夸夸我，夸够一百字，我就给你拿！"

里头立马没声儿了。这么冷的天，陈琢总不能让他裸奔吧，于是还是拿了睡衣给他送进去："要你夸我一句怎么这么难呢。"

冀小北一边说，一边比画："其实我今天本来准备了一个圣诞惊喜！我买了很多草莓做道具，一个就有这么大，都是给你吃的。"

陈琢有一种错过一个亿的感觉："所以草莓呢？"

冀小北叹了口气："我买完草莓回来以后，就把购物袋放在了沙发上。然后转了一圈……"

陈琢已经猜到了结局："然后？"

冀小北讪讪地说道："然后我就忘了，再然后，就一不小心把草莓全给坐扁了……"

陈琢继续逼问："然后？"

冀小北可怜兮兮地陈述事实："然后草莓就变成了草莓泥……"

陈琢非常心碎，为什么连这个一点也不惊喜的圣诞惊喜都没了。

冀小北傻呵呵地笑了："然后我就自己吃掉了！所以没有草莓了！"

陈琢凶他："你把我的草莓全吃掉了，还这么理直气壮？"

冀小北从浴缸里捞了点水，抓了抓头发，撮了两撮毛，支棱起两个角："你看！你看我！"

陈琢假装生气："你这是什么？水牛？"

冀小北拍了他一脸水，说："什么水牛……是驯鹿！是圣诞节的驯鹿啊！"

007

圣诞节晚上，他们约了妹妹和妹夫一起去吃火锅。陈琢让冀小北在家等，冀小北非要来接他"放学"。

快到下班时间了，雨一点要停的意思都没有，还越下越大了。

陈琢有点焦躁，一到点就赶紧下班了。

一下楼，他就看见冀小北站在马路中间，撑着伞不敢走，身前身后的车道上都是来来往往的车，开得飞快，溅了冀小北一身泥水。

陈琢让冀小北站在原地别动，等到绿灯后，赶紧过去，一把抓住他的手："不是让你在马路对面等我吗？！"

冀小北抿着嘴唇，低下头："那我也不知道走到一半就突然变灯了……"

陈琢把伞接过来："你现在像个脏脏包。"

冀小北抓了抓袖子："……我衣服弄脏了吗？"

今天他穿了和陈琢同款的燕麦色大衣，上周新买的，陈琢说是很漂亮的颜色。

陈琢扫了一眼他浑身上下大大小小的泥点子："对啊，像在泥塘里打了滚的小脏狗。"

冀小北后悔死了："那怎么办啊？"

陈琢牵着他走到路边站定，拿袖口蹭了蹭他的袖口，下摆蹭了蹭他的下摆："好了，现在又是同款了！"

妹妹看到他俩后的第一句话就是："你俩这是去哪个泥塘里打滚了？还是一起滚的！"

晚上，陈琢说冀小北今天脏死了，必须好好洗个澡。

洗到一半，冀小北迟钝的小脑袋瓜儿突然转过弯来了："不对啊，不是应该洗衣服吗？为什么是我洗澡？！"

008

陈妈妈大驾光临的那三天，陈琢天天晚上都和冀小北在一起看电影，折腾到大半夜。

冀小北困得不行了："为什么非要大晚上的看电影！"

陈琢理直气壮："那你白天都和我妈待一起，晚上不得放松开心一下？"

冀小北嗤之以鼻："我每天和阿姨在一起可开心了！"

陈妈妈在他们家待了三天，说要带小北回去了。陈琢震惊了，他一直以为妈妈是开玩笑的。

陈琢有点头疼："不是……你把贝贝带回去干吗？"

陈妈妈一脸认真："怎么了，我怎么就不能把他带回去？"

陈琢决定从衣食住行四个方面展开具体分析。

先说这衣服——

"妈，这大冬天的，衣服厚，占位置，贝贝要拖一个大箱子，你也要拖一个大箱子，你俩不好拿！"

陈妈妈摆了摆手："那别带衣服了，回去了，我带小北去买。"

冀小北点点头："没事的！我可以管好我的箱子！"

第一轮，陈琢败。

再说这"食"——

"贝贝喜欢吃辣，咱家口味淡，他吃不惯，饿瘦了怎么办？"

陈妈妈爽朗一笑："我按他的口味给他专门做一份，想吃什么做什么。"

冀小北乖巧地接道："不用，不用，吃清淡点好，我也觉得有时候吃太辣了，嗓子疼。"

第二轮，陈琢败。

接着说这"住"——

"咱家楼层太高了，贝贝住了，不方便！"

陈妈妈看穿了他就是在没话找话说："不是有电梯吗？"

冀小北连声附和："嗯、嗯、嗯，不是有电梯吗？"

第三轮，陈琢败。

最后就要说到"行"——

"那咱家那儿的路他不熟悉，出门不安全！"

陈妈妈牵过冀小北的手："我陪他出去啊，哪儿会舍得让他一个人出门！"

冀小北特别乖地点了点头："嗯，谢谢阿姨！"

陈琢很无奈地说："哎，你哪头的？"

第四轮，陈琢败。

总之，陈琢完败，但第二天还得开车送他俩去车站。到检票口了，陈妈妈拖着箱子要走了。

陈琢一愣："怎么是你一个人走啊？"

陈妈妈就笑："小北行李都没拿，你是不是傻！"

陈琢觉得挺冤的："还不是你说到时候给贝贝买新的吗？！"

陈妈妈叹了口气："我倒是想带人家走，人家不跟我走啊。"

冀小北有点不好意思："阿姨，我过年一定去拜访您……"

送走了陈妈妈，陈琢弹了一下冀小北的脑门："你学坏了啊，冀小北，现在都学会和我妈联合起来欺负我了？"

冀小北捂着额头："我这是打入内部！"

陈琢咂了咂嘴："什么打入内部，我看你是被招安了……"

第四章

冀小北南西东

001

有天中午，在公司午休的时候，陈琢接到冀小北打来的电话。

陈琢问他："吃饭了吗？上午在家忙什么了？"

没想到冀小北没回答他的问题："您好，恭喜您成为'冀因有你'节目的幸运观众，您现在心情怎么样？"

陈琢愣了一下，然后开始配合表演："现在的心情啊，现在的心情就是太幸运了，太激动了，简直不敢相信！"

冀小北端着架子，捏着嗓子跟他说话："好的，您先平复一下心情。现在我这里有六个金蛋，分别标有一到六这六个数字，您可以随机选择一个金蛋！"

陈琢很快接上去："等等，亲爱的主持人，你们这节目的奖品是什么？"

冀小北脑子转得飞快："一等奖是平衡车和最新款平板电脑，二等奖是健身房年卡，三等奖是超市购物卡。每个金蛋都有奖哦！"

陈琢考虑了几秒："那我选二号吧！"

冀小北像电视节目里的主持人一样问他理由："为什么？是因为二是您的幸运数字吗？"

陈琢笑了笑："不是，因为二是主持人的个人特质。"

冀小北哼了一声："怎么这么说话呢，主持人听到了怪伤心的。"

陈琢催促道："你还是快敲蛋吧。"

冀小北自己配上音效："咚咚咚，咔嚓，咔嚓！让我们来看看二号蛋里有什么？哇，这位观众，您的手气太好啦，一下就命中了我们的特等奖！"

陈琢故意挑刺："你刚刚好像没说过有特等奖？"

"主持人"理直气壮："临时加上的，我的节目，我想加就加！"

陈琢快憋不住笑了："行、行、行，那请问特等奖是什么呢？"

冀小北语气严肃地揭晓答案："请帅气的主持人，也就是我，出门吃饭的机会！"

陈琢懂了，原来是在大费周章地骗吃骗喝。

"那请问在哪里领奖呢？"

冀小北压低嗓音："携带个人有效身份证件上门领奖！仅限今天之内，过期不补！"

002

陈琢总觉得冀小北这几天怪怪的，具体哪里怪，他也讲不清楚，脸变圆了？可是看这小胳膊小腿，也没有长胖的迹象啊。冀小北洗完澡后，陈琢走过去用两只手捧住他的脸，他猝不及防，惊得直往后缩。

陈琢马上就发现不对劲了："贝贝脸上这是肿了吗？怎么弄的啊？疼不疼？"

冀小北不肯说，捂着左半边脸不让陈琢看。两个人周旋半天，他才憋出两个字："牙疼。"

陈琢问他："哪里疼，是不是长蛀牙了？"

冀小北气鼓鼓地说："才没有，小孩子才长蛀牙呢。"

陈琢撬开他的嘴，举着手电筒强行检查，发现确实没有蛀牙，是最里面长了一颗智齿。

那天是星期三，陈琢算了一下："先吃三天消炎药吧，周末我带你去牙防所看看，估计得拔了。"

冀小北是故意没把这事儿告诉陈琢的，他就知道陈琢得把他抓医院去，一听说要拔牙更是吓得瑟瑟发抖。

睡前他特别乖地把药吃了，然后问陈琢："如果明天不疼了，可以不去医院吗？"

没想到陈琢冷酷无情地回道："不可以。"

冀小北退而求其次："那去了，可不可以不拔牙啊？"

陈琢继续冷酷无情："估计不行。我说了不算，得听医生的。"

冀小北哼哼唧唧地躲进被子里，拒绝道："我不去，我一点也不疼了。"

陈琢给他拿来冰袋敷脸："还不疼呢，脸都肿得像小猪头了。"

003

陈琢的老家是出了名的鱼米之乡。前天，陈妈妈给他们寄了一大包自己晒的虾干。冀小北只吃过鲜虾和虾仁，从来没吃过虾干，尝过以后，觉得这东西太好吃了，根本停不下来。晚上跟陈妈妈视频，他说自己从来没吃过这么鲜的东西，把陈妈妈哄得乐呵呵的。

第二天中午，陈琢和冀小北连线，发现他的脸上和脖子上有几个粉红的肿块。

陈琢凑近了看："脖子上是被蚊子咬了吗？痒不痒？"

冀小北抬手在脖子那里抓了两下："现在哪儿有蚊子啊，不过好像是有点痒。"

陈琢连忙阻止他："别抓！是不是过敏啊？这……难道是虾干过敏了？"

冀小北的脖子被他抓得更红了："啊？"

陈琢开始拷问："你早上是不是又偷吃了？"

冀小北表情无辜："我没有啊！"

陈琢一字一顿地说："说实话！"

冀小北捏起大拇指和食指，比了个小缝儿："吃了这么一点……"

陈琢才不信："很多点吧？不准吃了，听到没，身上痒也不准抓，等会儿下班后，我回去接你到医院去。"

冀小北蔫蔫地"哦"了一声。

等陈琢回去一看，那么一大袋虾干，被吃了一大半。罪魁祸首还一脸无辜地看着他，企图骗取同情，而脸上的粉红块块都快能够连成北斗七星了。

陈琢捧着他的脸仔细查看："你是不是又抓了？"

冀小北义正词严，打死不认。

他们去医院看了病，确实是过敏引起的皮疹，大夫给开了点药膏，陈琢给冀小北的"北斗七星"一个一个抹上。

冀小北噘着嘴小声问："会留疤吗？"

陈琢故意吓他："留疤？我看要毁容了！"

冀小北气得不行："你又骗人！"

陈琢往他非常不听话的爪子上套了两只袜子。

冀小北很不平地挥舞着两个"拳头"："请问你要干吗！"

陈琢可是一片苦心："免得你再到处乱抓。"

冀小北问他："请问是小熊袜子吗？"

陈琢都快被气笑了："都这时候了，你还有空管是小熊、小狗、小猫还是小猪？"

冀小北低下头嘀嘀咕咕地说："我是想说，你能不能拿双新的，你不知道'手脚授受不亲'吗？"

陈琢把冀小北两个圆乎乎的"拳头"塞进被子里："自己的臭袜子自己还嫌，你没听过一个叫'手足情深'的词吗？"

004

今天特别冷，冀小北下午钻被窝里不小心睡着了。到四点半，陈琢给他打了个电话，问他在干吗。

冀小北打了个哈欠："在睡觉呢，今天为什么这么冷啊……"

陈琢语气神秘："我告诉你一件事，你别太激动。"

他这么一说，冀小北马上醒了大半："啊？"

陈琢又吊了他一会儿胃口才开口："其实，今天下雪了。"

冀小北一骨碌从床上坐了起来："你怎么不早点告诉我！"

陈琢咂了咂舌："而且还下很大。"

冀小北又是一声怒吼："为什么不早点告诉我！"

陈琢幽幽地说道："而且地上的雪堆得很厚。"

冀小北在床上滚了一圈："啊啊啊，别说了！为什么不告诉我！"

这句提醒，让陈琢换上了严肃的口吻："你到底希望我说还是不说？主要是怕你摔跤，别玩雪时把衣服弄湿了，再感冒了。"

冀小北完全没在意，整个人都沉浸在懊恼中："你怎么这样，我不和你玩了！"

陈琢细声哄他："等我下班，回去了就带你出去玩。"

冀小北气鼓鼓的："那雪都化了好吧！"

陈琢安慰他道："不会化的，下了一天，还挺厚的。你乖乖在家，我还有半小时就下班了。"

众所周知，冀小北是不可能乖乖听话的。他挂完电话就从床上跳起来，拾掇拾掇后就冲下楼了。一出楼道，嘎吱一声，他一脚踩在了雪地上。他小心翼翼地走到草坪上，蹲下来戳了戳，雪不仅没化，还有点冻上了。

都怪陈琢，错过了玩雪的最好时机！

他蹲在那儿扒拉着积雪，过了好久，好不容易滚了两个硬邦邦的雪球，他把小雪球放到大雪球上面。

忽然背后传来人声："就知道你不听话！"

一方面是因为做贼心虚，一方面是因为裤子穿得太厚了，膝盖那儿本来就不好弯。陈琢突然说话，吓得他摇摇晃晃地往前扑，好不容易堆起来的雪人瞬间就被扑倒了。

冀小北哀号一声："我不和你玩了！"

两个人在楼下玩到七点多。临走之前，冀小北还留下了他的"年度大作"，整栋楼的人进出大门时都将看到雪地里斗大的四个字：陈琢是猪。

他不知道的是，后来陈琢下楼倒垃圾的时候加了几个字，整句话变成了：陈琢是养猪人。

005

一月一日，本来是个适合一觉睡到中午的日子。但是小姑中午请客，一大家子一起吃饭。陈琢从九点就开始叫冀小北起床，冀小北在空调房里睡得脸上红扑扑的，像只小粉猪。陈琢叫他，他装睡不理，最后陈琢叫他叫累了，就睡了个回笼觉，再醒过来，一看时间，十一点了。

冀小北还不肯起，陈琢就单手把他拎到了洗手间里，伺候他刷牙洗脸，他连眼睛都懒得睁开。他身体是醒了，但是灵魂还在呼呼大睡。

陈琢锁好门，看了冀小北一眼就知道他是什么意思了。

陈琢问他："又不想走了？"

冀小北展开双臂："你背我吧，我怕走过去来不及了。"

陈琢笑他："这是谁家小猪啊，新年第一天就这么懒？"

冀小北趴在他背上："凶手竟然对受害人说出这种话，哼。"

陈琢有点想笑："你哪儿受害了？"

冀小北："你还好意思问？昨天大半夜的不让我睡觉！"

陈琢背着他左摇右晃："我有吗？没有吧？"

冀小北："你烦死了！"

陈琢故意不好好走路："那你下去。"

冀小北重重地叹了口气，骂道："唉，陈琢是浑蛋，晚上拉着人家不让睡觉，第二天就翻脸不认人。"

陈琢模仿起他的语气："你昨天晚上可不是这么说的，'陈琢你先别睡，这样到零点，我们就一起跨年了！'"

冀小北恼羞成怒："才不是我说的！"

陈琢哦了一声："那是冀小南、冀小东和冀小西说的。"

两个人磨磨蹭蹭地从楼上挪下来，陈琢打开楼下的防盗门，这才发现小姑就在门外。

陈琢："小姑新年快乐。我以为您在小区门口等来着。"

冀小北从陈琢身上蹦下来："小姑元旦好！"

小姑呵呵一笑："我好不好不知道，我看你俩是挺好的。"

006

因为那天陈琢的一句话，冀小北做了一个梦，梦里有一个冀小南，一个冀小东和一个冀小西，但是只有一个陈琢。

冀小北捧着书去找陈琢，让陈琢读书给他听，这是他们每天约好的，洗完澡一起读书。

陈琢犹豫了一下："可是我已经答应今天晚上和南南一起看电影了，你要过来一起看吗？"

冀小北摇了摇头："我不要。"

第二天，外面下雪了，他想去楼下堆雪人，于是屁颠屁颠地去找陈琢。

没想到陈琢又有约了："今天一天都是小西的时间哦，明天再陪你好吗？"

冀小北垂下脑袋："可是，可是明天雪就化了呀……"

晚上冀小北躺在床上，翻来覆去地睡不着。他偷偷摸摸地爬起来，决定去隔壁找陈琢。

这边陈琢本来睡得好好的，结果被冀小北一顿拳打脚踢给弄醒了。他半梦半醒间迷迷糊糊地问道："怎么了？做噩梦了？"

冀小北揉了半天眼睛，然后哼了一声："都怪你。"

陈琢一脸的莫名其妙："怪我什么？"

冀小北又给了他一拳头："怪你白天说什么冀小东南西北！"

陈琢差点笑出声："你梦见四个你坐一圈打麻将啊？"

冀小北沉默了一会儿才开口："我……我梦见你每天都和他们一起玩，你都把我给忘了。"

陈琢开玩笑说："那我还挺受欢迎的。"

冀小北怒了："你还说！你都不陪我看书，不陪我堆雪人了！"

陈琢赶紧认尿："那哪儿能呢，这世界上只有一个冀小北，别的都是盗版。"

007

继虾干之后，陈妈妈又给他们寄了一箱新鲜的螃蟹。快递送上门的时候，冀小北听到箱子里有咔嚓咔嚓的响动，吓了一跳。

他赶紧给陈琢打电话："来了一个奇怪的快递！"

陈琢想起来妈妈说给他们寄了东西，说："是螃蟹吧。你把箱子放那儿不要动，我等会儿下班就回去弄。"

冀小北点头说"好的"，挂完电话想了想，还是把盒子拆了，把线剪了，放了点水，把螃蟹放在了水池里。做完这些后，他就回房里了。等到五点多，他路过厨房，听到水池里螃蟹哗啦哗啦地爬来爬去的声音。他忽然有种不祥的预感，摸着螃蟹壳点了一下数，一二三四五六七……他明明记得有八只的啊！冀小北以为自己数错了，又点了一遍，还是七只，难道有一只爬出来了吗？

接下来有半个小时他都在厨房里找这只"越狱"的螃蟹。陈琢一回来就看到冀小北蹲在地上，一只手里还捏着一只大螃蟹。

陈琢走过去看他："……干吗呢这是？"

冀小北举起那只手给他看："我被螃蟹夹了！"

陈琢捏着他的指头仔细看："那完了，你要中蟹毒了。"

冀小北一惊："啊？什么蟹毒？"

陈琢一本正经地给他解释："明天醒过来，你这四个手指就会黏在一起，和大拇指一起变成一个大钳子，而且以后都只能横着走路了。"

冀小北把"越狱"的螃蟹丢回水池里："陈琢，你好幼稚。"

因为这个一厘米的小伤口，冀小北这一晚上都没动手，陈琢帮他把螃蟹全剥好了，蟹粉蟹肉直接送到他嘴边。

冀小北心里美滋滋的："我觉得被夹这一下很值得！小陈，明天继续呀！"

陈琢往他嘴里塞了一整条蟹腿肉："哟，蟹毒发作了？这就开始横着走了？"

008

吃完晚饭，冀小北郑重地宣布，今天晚上不读书了，要看电影，看恐怖片。陈琢一边洗碗一边假装听不懂的样子。

冀小北在他身边转来转去，最后幽幽地叹了口气："唉，算了，我明天找姐姐陪我看。"

姐姐就是指盲人电影院里他"特别喜欢"的那个姐姐，陈琢知道他是故意的："冀小北，你现在都会用激将法了？"

冀小北嘿嘿笑了："那看不看嘛！"

陈琢忍辱负重地憋出一个字："看……"

陈琢拖拖拉拉地洗完碗，冀小北已经在电脑上用语音搜好片子了。冀小北拉着他在沙发上坐下，一脸期待地说："我们开始吧！"

陈琢偷偷地拿了手机过来，开始一板一眼地讲剧情。

冀小北听了一会儿："不对，你这个是网上的剧情简介！"

陈琢换了个网页，继续念。

冀小北马上发现了："这个还是网上找的！你作为讲解员，怎么这么不负责呢！"

陈琢愣住："你怎么知道啊？你把网上的剧透全搜了一遍吗？"

冀小北又使了一遍激将法："算了，算了，我还是明天去找姐姐一起看吧。"

陈琢没办法了："行、行、行，我给你讲。"好惨，他长这么大还没看过恐怖片。

到剧情紧张的地方，光是听着音乐都有点恐怖。冀小北缩了缩，吓得去抓陈琢的手，没抓到。他顺着陈琢的胳膊摸，摸到陈琢的手了，正捂在眼睛上。

冀小北小声说："哇，你是透过手指缝看的吗？陈琢，你害怕吗？"

陈琢声音都在抖："祖宗，看恐怖片还不许人害怕一下吗？"

冀小北拍了拍胸脯："你别害怕呀，我会保护你的！"

陈琢试图求饶："没有买卖，就没有伤害。最好的保护，就是我们别看了吧。"

冀小北不打算放过他："那还是要看的。"

陈琢内心十分想揍他，在这个美丽的礼拜五的晚上，做点什么不好，要在这儿看恐怖片。看完电影，冀小北心满意足地睡觉了。陈琢睡不着，干瞪着眼到大半夜，心惊肉跳地出去上了个厕所。

路过冀小北房间的时候，陈琢听见他很小声地说了句梦话："陈琢，我会保护你的！"

009

两个人连着看了三天恐怖片以后，冀小北终于良心发现了。他伴着电影的片尾曲，像领导下乡慰问苦难群众一样，拍了拍陈琢的肩膀，深情地说："陈琢同志，辛苦你了，我觉得这份工作可能不太适合你！"

然后第二天冀小北就去找"超喜欢的姐姐"一起看恐怖片了。

本着提升讲解水平、向优秀同行学习的目的，陈琢决定跟过去看一下。有一天下午正好没什么工作要忙，他请了半天假。

冀小北提过那家甜品店，陈琢一早就到了，随便点了杯喝的，过了一会儿，果然看见冀小北和他"超喜欢的姐姐"一起进来了。咖啡店毕竟是公共场合，两个人不能很大声地交谈，所以凑在平板电脑前头，脑袋挨着脑袋，靠得特别近。

过了一个钟头，服务员突然给陈琢上了一块小蛋糕。

陈琢一愣："上错了吧？我没点这个。"

服务员向身后指了指："是那桌的小姐姐给您点的哦。"

原来已经被发现了啊，太惨了。

陈琢尝了一口："呃，这是什么蛋糕？味道好特别。"

服务员笑盈盈地介绍："是柠檬戚风蛋糕哦，小姐姐特别说了，让我们一定要多加柠檬。"

陈琢一叉子下去，把蛋糕劈成两半。

他寻思着这事儿有点丢脸，准备开溜，结果那个小姐姐一嗓子喊住他："陈琢！好巧啊，你也在啊！"

冀小北转过头："陈琢？"

陈琢尴尬地清了清嗓子。

冀小北很疑惑："你不是应该在上班吗？"

陈琢开始胡编："那个什么……公司停电，所以提前下班了。"

冀小北还是很疑惑："那你怎么会在这里啊？"

陈琢瞬间觉得很没面子："就……很巧啊，很巧，呵呵。"

小姑娘冲他做了个鬼脸："那要一起看电影吗？正好到高潮部分了。"

冀小北特别体贴地摆了摆手，帮他拒绝了："不行，不行，陈琢不敢看恐怖片的！我们两个自己看就好了！"

陈琢心想这生活真苦啊，太苦了。

010

今天陈琢一回到家，冀小北就跟他邀功，说今天又有骗子上门，但是被自己赶跑了。

饭桌上，冀小北一脸骄傲："自从上次被那个卖清洁剂的骗了，我就再也不会上当了！这次连门都没给他开哦！"

陈琢拍拍他的脑袋，这是他们之间表达"表扬"的一种方式。

"那你说说你是怎么赶跑人家的？"

冀小北绘声绘色地演了一遍："我说我已经识破你了！不会开门让你进来的！然后他还不承认，敲了半天门才走。你快夸我！"

陈琢想象了一下那个画面："好，夸你。"

冀小北不乐意了："就这样就完了？就三个字？"

陈琢乐了："你还想怎么夸？"

冀小北双臂环抱："你得夸得详细一点，具体一点啊。完全感受不到你的真心。"

陈琢清了清嗓子："天哪，贝贝你也太厉害了吧，只教了你一次，你就知道不能给陌生人开门了！天才也不过如此！"

冀小北被夸得飘飘然："这还差不多。"

两个人正闹着，门铃响了。陈琢放下筷子去门口。

陈琢高声问道："谁啊？"

门外的人也大声应道："检修天然气管道的！"

冀小北一拍桌子："就是下午那个骗子！"

门外的人马上接道："我们真不是骗子，是天然气公司的，年底了，定期上门年检的。我们可以给你们看证件的。"

陈琢打开门，看了一下对方的证件，确实是工作人员。

两个人进来做了管道检查，临走的时候和陈琢寒暄了几句。

工作人员很和气："现在放寒假了，这几天我们上门检修，发现很多家里只有孩子一个人在，不方便开门，所以我们特意等到大人下班回来后再来一趟。你家小朋友警觉性很高啊！"

送走了检修员，陈琢一回头，看见冀小北一脸的不可置信。

冀小北抬起手，用食指点着自己的鼻子："他叫我小朋友？"

陈琢不知道怎么接："呃……"

冀小北还是一脸的不可置信："他叫我小朋友？！"

陈琢拍了拍小朋友的肩膀："他是在夸你，夸你呢！"

冀小北蔫蔫地感叹了一句："我觉得自己被侮辱了！"

011

冀小北觉得陈琢这段时间怪怪的，身上总有一股甜甜的花香，好像是香水的味道。

这事儿吧，他又不敢直接问陈琢，只好在看恐怖片的时候问姐姐："那种甜甜的，像花香一样的，是女生香水的味道吗？"

姐姐皱眉想了想："那要闻过才知道啊，再说了，男生也有男士香水啊，怎么了？"

冀小北赶紧说："没什么，没什么。"可是陈琢没有用香水的习惯啊……

当天晚上，他又在陈琢身上闻到了那一丝幽幽的花香，这是什么破香水啊，怎么洗澡都洗不掉的！

冀小北揉了揉鼻子："陈琢，你最近，身上好香……"

陈琢完全没有躲闪，甚至还挺骄傲："你终于闻出来了啊？"

冀小北傻了："啊？闻出来什么？"

陈琢啰唆了一长串："就是你好久以前在超市买的进口沐浴露，用了一次就不肯用了，说太香了。我前几天整理柜子的时候发现的，都快过期了。真的太香了，我还想说你什么时候才能闻出来，能不能激发出那么一点愧疚之心。"

冀小北低低地"哦"了一声。

陈琢狐疑地盯着他："你这个表情什么意思？"

冀小北实话实说："就是愧疚的意思啊！"

陈琢逼问："愧疚？我怎么没看出来。"

冀小北嘿嘿傻笑："我还以为是谁的香水味来着。"

012

那天堆完雪人回家，冀小北一点事儿都没有，陈琢倒是"轰轰烈烈"地感冒了。

好不容易有这种机会，于是冀小北叉着腰，故意学着陈琢唠叨的语气："说了不让你玩雪吧，你非要玩。你看，感冒了吧！让你不听我的话！"

陈琢打了个喷嚏，说话已经带鼻音了："看我感冒，某人就这么得意吗。"

陈琢洗完澡出来，就看见冀小北和他妈在视频，两个人一唱一和，聊得火热。

陈琢瞟了一眼手机屏幕："你俩又凑一起说我什么坏话呢？"

冀小北没理他，正急着表忠心："阿姨，我保证督促他按时吃药！督促他穿秋衣、秋裤，戴围巾，戴帽子！"

陈琢有点头疼："又来这套？"

挂了视频电话，冀小北就开始忙碌。

他从柜子里翻出陈琢的秋衣、秋裤、围巾和帽子，然后把秋衣秋裤叠好放在床上，围巾帽子挂在门口的衣架上。

陈琢看着他跑来跑去的身影："你还挺负责的嘛。"

冀小北嘿嘿一笑："那当然了，我都答应阿姨了！"

陈琢拍拍他的脑袋："行吧，那再交给你个任务，明天到点了叫我起床。这感冒药太催眠了，我怕我睡过头。"

冀小北做了个敬礼的动作："遵命！"

他自知责任重大，紧张得一晚上都没怎么睡，第二天一早就起床了，先去做了早饭，然后咚咚咚地跑回陈琢卧室，趴在床边，戳了戳陈琢的手臂："起床了哦，陈琢。"

从那天起，冀小北提出能不能天天由他来叫陈琢起床："这样我觉得我很有用！我想做个有用的人！"

第五章

等你下课

001

某个冬夜，他俩聊起关于睡觉的话题，发现了彼此之间存在着巨大的睡觉文化差异。冀小北睡觉的时候要穿袜子，而陈琢觉得这个世界上没有人会穿袜子睡觉，于是感到很震惊。

陈琢第一次知道有人穿袜子睡觉："我觉得睡觉不能穿袜子。"

冀小北马上反驳他："为什么不能穿袜子？！你人睡觉都能穿衣服，凭什么脚不能穿？"

陈琢还是第一次听有人把穿袜子说成"脚穿衣服"的，真是又可爱又好笑，他这小脑袋瓜儿里每天在想啥呢？

不过在陈琢这儿，连前半句也不成立："呃，其实睡觉的时候，人也可以不穿衣服……"

冀小北惊了："真的假的？"

陈琢配合他的吃惊："真的啊，你要不要试试？"

冀小北："不要，好奇怪啊！"

晚上，两个人都试了一下对方的睡眠方式——陈琢穿上了衣服，冀小北脱了袜子。

002

周末，两个人去公园玩了一整天，步行了好几公里，走到腿软。

晚上回家，到小区门口，冀小北就开始耍赖了："不想走了……"

陈琢很耐心地劝他："还有几步就到家了呀，贝贝。"

冀小北站在原地不肯动了："走不动了！"

陈琢也跟着停下脚步，想了个办法："那我背你走？"

冀小北语气里都带着雀跃："可以吗？"说完，他就跳到陈琢的背上去了。

走到楼下，陈琢突然停住了。冀小北好奇地问："怎么了？"

陈琢沉声说："楼道里灯没亮，看不见路了。你开一下手机上的手电筒。"

冀小北想了想："这个灯为什么不亮啊？它不是声控的吗？"

陈琢就答："那你试试。"

冀小北清了清嗓子，大喊一声："Lumos！"他那手往前一挥，咣的一声敲了一下陈琢的后脑勺。

陈琢捂着脑袋，倒吸一口凉气："喂，你这声控还带动作的？"

冀小北给他解释："这是《哈利·波特》里荧光闪烁的咒语！亮了吗？"

陈琢吐出两个字："没亮。"

冀小北郁闷地捧着脸："那我换个，嗯……芝麻开灯！亮了吗？"

陈琢还是那两个字："没亮。"

冀小北开始高歌："那我唱个歌吧，难——忘——今宵，难——忘——今宵。亮了吗？"

陈琢还是说："没有。"

冀小北换首歌继续唱："团——结就是力量，团——结就是力量，亮了吗？"

陈琢叹了口气："你还是拿手机开手电筒吧。"

两个人正闹着，身边忽然传来说话声，冀小北听出来是楼下的徐阿姨。

徐阿姨声音里还带着笑："小冀心情这么好呢，这晚上还唱歌呢。"

冀小北脸上一红，尴尬地和徐阿姨打了个招呼，等人家走远了，他双手一收，一把扼住了陈琢命运的咽喉："大骗子！灯肯定早就亮了！"

003

说起这位徐阿姨，这里头还有个故事。

徐阿姨的丈夫和女儿都在外地工作，她一个人住，家里要换个灯泡、搬个东西什么的总不太方便。有时候，陈琢就会主动过去帮帮忙，这一来二去的，徐阿姨就对这个小伙子上心了。

有一次冀小北在楼道里碰见徐阿姨，被她拦了下来。

徐阿姨向他打听起陈琢："小冀啊，阿姨有件事情想问问你，关于你哥的个人问题……"徐阿姨一直以为他俩是表兄弟。

冀小北愣了一下："啊？"

徐阿姨笑眯眯地说："就是你哥的个人问题啊！他应该还没有谈朋友吧？我看从来没有女孩子来过呢。"

冀小北愣了一下，第一次有人问这个话题。

"他……是没有女朋友。"

徐阿姨眼睛一亮："那正好啊！我女儿和他相差一两岁，下半年就回这边工作了！我看两个人外表、性格和学历这些都很配的，看看你哥什么时候有空，约出来，见一面。"

冀小北急道："不行！"

徐阿姨眨了眨眼睛："怎么不行啦？你刚刚不是说你哥没谈朋

友吗！"

冀小北紧张得差点咬到自己的舌头："他……他是没有女朋友，可是、可是他有老婆了啊！在我们老家！"

徐阿姨顿时有些失望："在老家啊？那怪不得没见过！"

冀小北特别卖力地点了点头，添油加醋地补充道："对啊，对啊，而且我嫂子特别凶，我哥是'妻管严'！还、还有他们的孩子都会打酱油了！"说完又"此地无银三百两"地补了一句，"千真万确！不骗你！"

下班以后，陈琢在楼下碰见了徐阿姨。

徐阿姨语气中带着无法掩饰的遗憾："小陈啊，我之前还没看出来你已经结婚了，孩子也在老家吧？多大了？公子还是千金啊？上学没有？"

陈琢没反应过来："……啊？"

一会儿后，陈琢回到家："听说有人今天给我在老家安排了一个老婆一个娃？"

冀小北在门口叉腰候着他："还不是因为你说不喜欢相亲？我灵机一动、急中生智、随机应变地给你找了个借口，救你于水火，你得好好谢我！"

004

冀小北男女老少通吃的人生遭遇第一次滑铁卢，就是在陈琢的外甥女面前。

之前说过，那小丫头也叫贝贝，生得白白胖胖，手臂圆圆的，像藕节，抱在怀里软乎乎的。

冀小北很喜欢她，可是小丫头坚决不肯叫人。

冀小北很郁闷："她到底为什么不叫我啊？"

陈琢又开始胡扯："有没有可能是贝贝相斥？"

冀小北憋出来一个字："……哦。"

虽然如此，冀小北还是没有放弃，他付出了很多努力，想要获得小朋友的青睐。

他调查了一下，知道小丫头喜欢看一部动画片，于是缠着陈琢陪他看了一百多集，认清了里面的每个人物，然后买了一套很齐全的玩具，在家里研究了一个礼拜，只要一摸到就能知道是哪个。

周末他去找小丫头玩，小丫头态度冷淡。但他还是心甘情愿地给小丫头当模特，让她给自己戴上兔耳朵发箍，背上小蝴蝶翅膀，手举粉色仙女棒，配合表演了一整天，还是没什么成效。他还主动代替陈琢让小丫头骑马马，说往东不往西，辛辛苦苦地劳作了一晚上，还是没有打动小丫头的心。

冀小北没招了，他一脸无奈地跟陈琢说："要不你帮我问问吧，贝贝为什么不叫我！她明明挺喜欢我的呀！"

陈琢于是带他去问小外甥女："小公主，你为什么不肯叫人？小北叔叔要伤心了！"

贝贝摆弄着手里的玩具，头都没抬："骗人！他根本就不是叔叔，他是哥哥！"

陈琢弹了一下她的脑门："不行，辈分错了！"

冀小北还没弄懂呢，蒙蒙地问："她说什么呀？"

005

周末两个人去邻市玩，晚上出去泡温泉。冀小北在陌生的地方还是有点怕，紧紧抓着陈琢的手，跟在他后面。

陈琢先下去，试了试水温："还好，不是很烫，你先适应一下。"

冀小北坐在池边，小心翼翼地把腿探进水里。

陈琢眼见着冀小北的小腿被热水泡得越来越粉："这腿七分熟了，可以吃了……"

冀小北晃了晃腿，踢了他一下："不要盯着我！"

陈琢哦了一声，假装走开："行、行、行，那不看了。"

冀小北在边上坐了一会儿，觉得上半身有点冷了。他两只手撑着池子边沿，往下伸了伸腿，很快又缩了回来。他不知道水有多深，想下去又不太敢。

冀小北小声叫唤："陈琢……"

没有得到回答。

冀小北又问了一遍："陈琢你在吗？"

还是没人回答。

冀小北有点慌，下一秒就被人拉住胳膊带了水里。他一阵手忙脚乱，吓得心脏咚咚乱跳。陈琢抓着他，但他还是一点一点往下滑。

陈琢说："你怎么滑溜溜的，像条小泥鳅。"

冀小北："你才像泥鳅！"他想，陈琢也不可能真让他掉下去，干脆放弃挣扎，直接滑到底，只留脑袋在水面上。过了一会儿，他连脸上都被热气蒸得粉粉的。

陈琢忍不住想笑："全熟了。"

006

冀小北长了好几个口腔溃疡，可是他"艺高人胆大"，陈琢加班，他就溜出去找妹妹吃火锅。

他俩单独吃，那必须得吃辣锅，非常辣，红得发黑的那种。

于是陈琢回来的时候，冀小北这口腔溃疡已经严重到咽口水都觉得疼，话都不想说，只能点头和摇头了。

一开始他还不承认，陈琢指着他挂在门后面的外套："你自己闻闻看，十里开外都能闻见味儿了！"

冀小北蹦跶过来，大着舌头说话："真的假的？让我闻闻……真香！"

陈琢让他张开嘴："你是不是想气死我？！给我看看。"

冀小北倒吸一口凉气："啊啊啊，轻点！疼！"

陈琢瞪了他一眼，说："现在知道疼了？你吃火锅的时候怎么不知道疼？"

冀小北可怜巴巴地说："其实我一开始想好了，每样只能吃一口！"

陈琢看他这样又有点心软了："后来呢？"

冀小北憨笑了一下："后来……后来我觉得不能浪费粮食！都是花钱买的！我连垫在鱼丸下面的那片生菜叶都吃完了！一点都没浪费！"

陈琢快给他气笑了："哦，那我还要表扬你？"

冀小北自豪地抬起下巴："而且我吃火锅的时候吃了好多蔬菜，你说要补充维生素 C，我超听话！"

陈琢把他骄傲的小脑袋按下去："你这都是什么歪理邪说。"

睡觉前，陈琢给冀小北喷西瓜霜喷剂，他一直躲来躲去，后来被陈琢武力镇压了。

喷完药，冀小北皱着眉抱怨："好苦……"

陈琢弹了一下他的额头："你自己说，你是不是活该！还香吗？"

冀小北苦兮兮地伸着舌头："可是真的好苦，我能不能吃一颗糖？"

这时候的陈琢又铁面无私起来："不可以，不听话的小朋友今天就苦苦地睡觉吧。"

冀小北卷着被子，欲哭无泪："哦……"

007

陈琢要出差三天，大清早一醒过来，他就发现冀小北已经起床了，抱着他的一堆衣服坐在电暖炉前面。

陈琢走过去在冀小北面前蹲下来："这么早起来干吗呢？"

冀小北从怀里的一堆衣服里拿出一件："秋衣烤得暖暖的，给你！"

陈琢伸手接过来。

冀小北又拿出一件："秋裤也烤得暖暖的，给你！"

陈琢又伸手接过来。

冀小北一件一件地拿给他："毛衣暖暖的，给你！外套暖暖的，给你！围巾也暖暖的，你要戴哦！不可以放在包里！"

陈琢答应他："知道了，一定好好戴着。"

陈琢收拾完餐具，看见冀小北坐在他的行李箱里，对着他说："东西都收拾好了，快把你的行李带走吧！"

陈琢一弯腰，抓住冀小北的手腕，把他从箱子里头扯出来："三天后我就回来了，很快的！"

冀小北一脸沮丧："可是三天好长，我现在就不习惯了……"

008

陈琢培训到晚上八点，回酒店后看见冀小北从晚上六点就开始给他发消息：

"还有两个小时下课！"

"还有一个小时四十五分钟下课！"

"还有一个小时二十八分钟下课！"

"还有五十七分钟下课！"

………………

"还有一分钟！"

"下课！下课！下课！"

"下课了吗？快理我！理我！理我！"

陈琢给他打过去电话："刚下课回来，你在干吗呢？"

冀小北特别认真地回答："在等你读书！快点，快点！"

他俩最近在看《哈利·波特》，自从冀小北发现陈琢不知道Lumos以后，就决定让他读《哈利·波特》。

冀小北的原话是这样的："三岁一代沟，我们之间有二点五个代沟，你还不赶紧努力一下，缩小一下差距？"

读了一个多小时，陈琢忽然问："你是不是还没洗澡啊？"

冀小北正在兴头上："晚点再洗，先听完嘛。"

陈琢还是坚持："不行，你现在先去洗，一会儿钻被窝里我再给你讲。"

冀小北很不乐意:"我不要……"软磨硬泡半天,未果。他只好气鼓鼓地去洗澡了,洗的时候还心不在焉的。

湿漉漉地从浴室出来,他听见手机在振动,一接通就开门见山一声吼:"你快开始!我已经迫不及待啦!"

对方没回话,冀小北眨了眨眼睛,以为信号不好:"喂?"

电话里传来陈妈妈的声音:"小北,是我啊。"

冀小北尴尬得脸上都要烧起来了,说:"啊?阿姨!我以为是陈琢呢……"

陈妈妈笑了笑:"我想着陈琢他不在家,你一个人在家会无聊,就打个电话来陪你聊聊天。"

冀小北想找条地缝儿钻进去:"哈哈,是挺无聊的,好无聊!我可想找人聊天了!"

那边陈琢打了半天都是占线,好不容易接通了,他问冀小北:"你刚刚和谁在通话啊?打这么久。"

冀小北脑子里又回忆了一遍刚刚丢脸的全过程,愤愤地吐出两个字:"你妈!"

009

陈琢生日,冀小北一早就去蛋糕店订了一个草莓蛋糕。蛋糕店的服务生问他蛋糕上面写什么字,冀小北想了想,他又不能写下来,只好一字一句地直接告诉人家,说完还挺不好意思的。到了四点半,他去店里取蛋糕。刚好另一个顾客也在取生日蛋糕，两个人一不小心拿错了。冀小北完全不知道，欢天喜地地提回家摆在了饭桌上，然后就去准备晚饭了。

陈琢一回来就看见一大桌子丰盛的晚餐，冀小北扎着围裙过来，笑眯眯的："生日快乐，陈琢！"

两个人坐下来，冀小北迫不及待地打开蛋糕盒子，给陈琢展示他想象中的粉红色蛋糕。

"那个，总之……我想说的话都写在蛋糕上了哦！"

陈琢看着面前的蛋糕，一个大寿桃上面写了个80，中间有一个特别大的寿字，旁边的两行字是鲜艳喜庆的大红色：福如东海，寿比南山。

陈琢蒙了："啊？"冀小北想和他说"福如东海，寿比南山"？陈琢觉得这蛋糕是不是有哪里弄错了，但是他不想让冀小北知道自己弄错了，所以故意没说。可是他这一晚上思前想后，还是很在意蛋糕上到底写了什么。于是他还是决定好好问一问。

陈琢戳了戳冀小北："贝贝，蛋糕上那句话，我想听你亲口说。"

冀小北斩钉截铁地拒绝了："不要！"

陈琢继续伸着手指戳他："说一下嘛，我想听。"

冀小北不理他："不要……"

冀小北怕痒，被他一番折腾以后，只能缴械投降，哼哼唧唧地重复了一遍写在蛋糕上的那句话："有你在身边真好。"

第六章

天价茶叶蛋

001

换季的时候，两个人回冀小北自己家里拿春天的衣服。冀小北盘腿坐在床上，陈琢打开衣柜门，把里面的衣服一件一件拿出来。

陈琢举着衣架："这件浅蓝色卫衣要吗？"

冀小北皱了皱眉："浅蓝色？我没有浅蓝色的卫衣，不是灰色的吗？"

陈琢又拿起一件衬衫，仔细描述了一番："衬衫，棉麻料子的，白色。你摸摸。"

冀小北又皱了皱眉："啊？我一直以为是黑的！"

陈琢拿起另一件："连帽衫，那啥，粉红色的……"

这下冀小北直接眉头紧锁："粉红色？！我居然穿过粉红色？！"

陈琢想象着他穿这件衣服时的样子，不自觉地笑了："不是挺可爱的嘛。"

冀小北怒了："不要可爱！"

后来陈琢在衣柜底下摸到一个什么东西，抽出来后发现是一本很厚的硬壳相册。陈琢翻开第一页，照片上一个年轻女人抱着个奶娃娃。

虽然冀小北说过好几次他妈妈特别漂亮，但这还是陈琢第一次看到冀妈妈真人的样子，确实漂亮又时髦，刘海剪成一片云的形状，像老港片里的女明星。

每张照片的背面都写了几句话，比如这张，后面写着：北北出生了，包在毯子里像一粒小花生米。

往后面翻，有一张冀小北三四岁时的照片，笑得特别开心，眼睛亮亮的。后面写着：北北好像特别喜欢别人摸他耳垂，每次一摸就笑成这样。

有一张照片是冀小北背着一个小小的双肩包，咧开嘴，哭得丑丑的。照片后面写着：今天北北要上幼儿园了，哭得天都塌了。

再往后面，冀小北长大后的照片就少一些了，有一张他穿着粉红色毛衣，手抓着袖子，一脸不情愿。后面写着：其实北北喜欢粉红色，可是他不承认，他说男孩子不可以喜欢粉红色。

冀小北戳了戳他的腰："陈琢你在干吗？"

陈琢放下相册，很郑重地鼓励道："穿粉红色可爱！"

冀小北很凶悍地给了他一爪："不可爱！"

002

冀小北说空调遥控器没电了，家里也没有新的电池，晚上要去超市买电池。于是吃完晚饭，两个人就散步去超市了，冀小北推着手推车就往里冲。

陈琢抬手想帮忙："车给我，我来推吧。"

冀小北根本不肯放手："不要！"

事实证明陈琢白担心了，冀小北对这超市的布局了如指掌，特别是卖零食那片，哪个架子卖什么，他比谁都清楚。两个人走到卖膨化食品的货架前。

冀小北抬手一指架子的第二排和第三排："我要薯片，原味的和番茄味的。"

陈琢给他各拿了一包。

冀小北听个声儿就知道才两包："太少了……"

陈琢弹了一下他的额头："吃完再买，买多少你就吃多少，光吃零食不吃饭。"

冀小北撇了撇嘴:"不会的,我保证每次只吃一包!"

陈琢开始翻旧账:"以虾干为证,我选择不相信你。"

冀小北气鼓鼓地推着车往前走,走到卖甜点和糖果的货架前。他用手比画了一下:"我要那个,一大包的,不是透明的那种果冻。"

陈琢蹲下来给他找:"乳酸菌的?"

冀小北点了点头:"嗯,嗯。"

陈琢往推车里扔了一袋。

冀小北竖起两个指头:"要两袋!"

陈琢又给他拿了一份:"行、行、行,两袋,每天只能吃三个,听到没?"

冀小北往前面一指:"还要杧果软糖!"

零食区转了一圈,购物车已经快满了。

冀小北认真地想了想:"对了,我想去看看牛奶。"

陈琢很自然地接管了沉重的购物车:"纯牛奶吗?我昨天刚买了。"

冀小北忽然压低了嗓音:"不是纯牛奶……"

陈琢准备往冰柜那儿走了:"酸奶?"

冀小北有点不好意思:"不是……就是上次在贝贝家喝的小小的那种,你知道是什么奶吗?"

陈琢仔细一看购物车里的东西,好像都是在贝贝家吃过的。

半个月都过去了,敢情冀小北还对人家三岁半小朋友的零食念念不忘?

结完账,陈琢提着三大袋吃的。他已经憋不住笑:"你知道你要喝的那个奶是什么奶吗?"

冀小北答："不知道……"

陈琢一个词一个词地念给他听："儿童，成长，牛奶。"

这下冀小北更没面子了，凉凉地哦了一声。

回到家陈琢才想起来去超市的初衷——电池没买，冀小北表示无所谓，反正买电池是借口，他想买的零食都买了。

003

陈琢为了过年带冀小北回家做了很多准备，只要一想到春运期间车站、车上肯定人山人海，他就不太放心。他在网上买了个儿童防走失牵引绳，就是两个手环，中间有根弹簧绳连着的那种。

冀小北拿到快递的时候没研究出来这是个什么玩意儿，但是他又不想问陈琢，于是他登录 Be Your Eyes，打了求助电话，人家志愿者告诉他这是给小孩儿用的，怕小孩和大人会在人多的地方走散。

冀小北就不乐意了，晚饭的时候气势汹汹地找陈琢理论："我不要戴这个，凭什么你就遛着我啊？我觉得你这是在羞辱我！我要找阿姨告状！"

陈琢脑子转得飞快："是这样的，力的作用是相互的，不一定是我遛着你，也可以是你遛着我啊。"

冀小北想了想，好像确实是这么个道理。

到了快晚上十点，天早黑透了，冀小北突然说要出去散步。

陈琢愣了好一会儿："现在？大半夜的？出去散步？"

然后眼见着冀小北把牵引绳拿出来，两头系好，拖着他一起出门了。虽然路上是有路灯的，但是毕竟昏昏暗暗，陈琢走不快，被冀小北扯着遛了一路。

一连三天都是这样，陈琢怒道："你可以停止对我的羞辱吗？"

冀小北气焰嚣张："这东西买都买了，总得让它发挥点作用嘛，不然不是浪费了！"

004

到年底了，陈琢连着好几天都是很晚才下班，可是冀小北居然完全没问过他为什么那么晚下班。

陈琢先是旁敲侧击，故意感叹："年底好忙啊。"

冀小北好像才意识到这事儿似的："对哦，你每天都好晚回来。"

陈琢感觉自己没受到重视："那你怎么都不问问我为什么回来得那么晚。"

冀小北只好顺着他问："那你为什么回来得那么晚？"

陈琢清了清嗓子："因为月底的年会，部门里要排练节目，跳舞。"

冀小北不为所动，甚至还鼓励他："那你加油哦！"

过了几天，陈琢忍不住又提起这事儿："你怎么也不关心关心我舞跳得怎么样？"

冀小北托着下巴问他："那你舞跳得怎么样？"

陈琢故意把话题往那儿引："和搭档配合得挺默契的。"

冀小北愣了："啊？还有搭档啊？"

陈琢比画了一下："交谊舞你知道吧，一男一女那种，搂着腰搭着肩那种。"

冀小北淡淡地哦了一声。

陈琢有点急了："你哦一下就完事了？就没有一点点……别的想说？"

冀小北想了想："我知道，就像小姑她们跳广场舞一样！"

005

冀小北以前一个人住的时候，社区里的义工会定期上门服务，帮他解决一些自己解决不了的问题，比如剪指甲之类的。他和陈琢搬去新小区以后，因为有陈琢照顾了，就没有去社区登记便民服务。一开始是没什么感觉，过了一段时间，指甲慢慢长长了，可是冀小北不好意思和陈琢说。

他打了电话找小姑求助，想约她在陈琢上班的时间过来帮忙给自己剪指甲。没想到小姑出去旅游了，那一整个礼拜都不在家，更没想到小姑已经一个电话打给陈琢，给他派了任务。

陈琢其实有点想不明白，冀小北为什么舍近求远，不肯直接找他求助。于是，陈琢回去以后故意不主动说，先问："你有没有事情要和我说？"

冀小北摇了摇头："没有啊……"

既然他不肯说，陈琢就只能强制执行，一只手抓着他的手腕，另一只手给他剪指甲。

他的指甲盖小小的、圆圆的，每个指头都有小太阳。

陈琢给他每个指甲都修剪得整整齐齐的："下次直接叫我，剪指甲这种小事，还麻烦小姑大老远的跑一趟，羞不羞？"

冀小北又想缩回手："可是叫你剪，太不好意思了。"

陈琢拍了拍他的脑袋："不用不好意思。"

006

陈琢托人买了特级金骏眉茶叶，里面有三盒，花了三千多块钱。

收到的第一天，他没舍得拆，第二天回家后发现盒子拆了，还少了一盒。

冀小北嗒嗒嗒地跑进来，特别兴奋："陈琢！我今天烧了茶叶蛋！"

陈琢两眼一黑："烧了啥？"

冀小北手里还拿了一个蛋，送到他面前："茶叶蛋啊！你闻闻！香不香！"

陈琢深吸一口气，闻到了金钱的味道："……真香！"

晚上，陈琢郁闷得饭都没吃，一口气吃了五个茶叶蛋。

冀小北听他咔嚓咔嚓地剥鸡蛋壳，问道："陈琢，你怎么光吃蛋不说话啊？"

陈琢拼命忍住泪水："太好吃了，我要仔细品一品。"

他不敢说："贝贝，你这茶叶蛋它得一百块钱一个啊！吃的时候，我哪儿舍得说话……"

冀小北乐呵呵的，心里想着：我也觉得好吃！我也太厉害了吧，第一次煮茶叶蛋就好成功，果然超有天赋！明天继续煮！

第三天，陈琢失去了剩下的两盒茶叶，得到了两大砂锅的特级茶叶蛋，冀小北正把鸡蛋捡到饭盒里。

冀小北安排得明明白白的："这十个是给小姑的，这十个是给妹妹的，这十个是给姐姐的，这十个是给徐阿姨的，这十个是给保安叔叔的……陈琢你怎么又不说话了？"

陈琢捂住胸口："我心脏有点受不了……"

007

当天晚上，陈琢一不小心把茶叶蛋的事情说漏嘴了。

冀小北吓得当场石化了："啊？！那、那我的茶叶蛋还要不要送啊？"

陈琢已经接受现实，心如止水："你送吧，煮都煮了，我俩也吃不完这么多啊。"

冀小北自个儿碎碎念："那要不我们自己多留几个？我想想啊……可是，可是我想给小姑十个！"

陈琢淡淡吐出几个字："嗯，那就给吧。"

冀小北掰着手指开始数数："妹妹也要给十个，不能少。"

陈琢深沉地点了点头："嗯。"

冀小北絮絮叨叨："姐姐陪我看恐怖片，姐姐是好人，我要给姐姐。"

陈琢又点了点头，嗯了一声。

冀小北眉头紧蹙，似乎很难抉择："徐阿姨也是好人，她下雨天去菜场，会帮我带菜回来，还想要你做她女婿，你不能给她做女婿了，那我赔给她十个蛋吧。"

陈琢只好说："也行吧。"

冀小北想了想："保安大叔也是好人，你加班的时候，他每次都收留我一起听相声！不对……你加班的时候，我都一个人在家等你回来，刚刚那句你假装没听到吧。"

陈琢掐住他："说漏嘴了吧。"

当天晚上，到了凌晨两点冀小北还没睡。

他叹了口气："陈琢，我睡不着。我们明天开始是不是只能吃粥配咸菜了？我想想就好饿啊。"

第二天一大早，冀小北去楼下找徐阿姨送茶叶蛋。徐阿姨拿着饭盒，冀小北一直不撒手。

徐阿姨就开玩笑："小冀不舍得给我啊？"

冀小北笑中带泪："徐阿姨您拿回去可一定要好好吃啊！这茶叶蛋来得特别、特别、特别不容易！"

008

陈琢洗完碗，看到冀小北坐在沙发上，一只手揣在自己睡裤里动来动去的。

陈琢皱了皱眉："你在干吗？"

小北咻的一下把手抽出来："没干吗啊，没干吗……"

两个人一起读书，陈琢翻页的时候，余光又看见冀小北的手伸到裤子里去了。

陈琢又问他："你手在干吗？"

冀小北脸上一红："没有啊，你看错了。"

等洗完澡出来，陈琢又抓到冀小北一个人滚在床上做奇怪的小动作。陈琢抓着他的手腕，给他检查，然后就看见冀小北大腿上有两个连着的水泡。

陈琢皱了皱眉："怎么弄的啊？疼不疼啊？"

冀小北心虚地嘟囔："热水袋……"

陈琢转身去找烫伤药："那你怎么都不告诉我，晚上自己偷偷涂药了吗？"

冀小北摇了摇头："你看！"他用手指戳了戳左边的水泡，里面的水流到右边，再戳右边的，里面的水又流到左边。

陈琢毫不留情地打了一下他的手背："这是玩具吗？你是不是准备明天再烫一下，凑个四筒？"

最后陈琢帮他涂药膏。冀小北好几次企图逃跑，都被陈琢扯了回去。

陈琢威胁道："再乱动我就要启用牵引绳了！"

冀小北讪讪地哦了一声："那你轻点。"

009

晚上陈琢公司搞年会，不回家吃晚饭，冀小北一个人委屈巴巴地在家，想找人一起玩。

他打电话给"超喜欢的姐姐"，说姐姐我们去看恐怖片吧！姐姐说在和男朋友约会，明天再约。

他打电话给他妹妹，说我们去吃火锅吧！我请客！妹妹说中午吃过了，下次再吃。

他打电话给姑姑，说姑姑你们吃饭了吗？姑姑说已经吃完了，你姑父在洗碗，怎么了？你还没吃？冀小北怕麻烦姑姑，赶紧说"没有，没有"。

挂断电话后，他下楼扔垃圾，大门哐的一声关上了。他愣了三秒钟，发现自己没带钥匙，身上还穿着睡衣。他在楼下的花坛边上坐了一会儿，听见摩托车的声音。那个人按了不知道几零几的门铃，没人开门。冀小北问人家找谁，结果果然是陈琢给他点的外卖。于是他捧着一碗饭在风中凌乱了……

正好保安过来巡逻，保安认识他，问他站在门口干吗。他可怜巴巴地说："我出来倒垃圾，忘记带钥匙。"

保安大叔很负责："那我帮你联系你的家人吧。"

冀小北摇了摇头，不想打扰陈琢，道："不用，不用，他今天晚上有事。"

最后保安大叔把冀小北带回了保卫亭，冀小北把热乎乎的饭吃了，还美滋滋地和保安大叔一起听相声。到了八点，他拎着空盒子回去了。

陈琢一回来就被保安大叔拦在小区门口。保安大叔说："小冀晚上把自己关门外了，我让他在我这儿待了一会儿，刚回去，你快去给他开门吧。"

陈琢赶紧过去，看见冀小北抱着饭盒坐在楼下花坛边上。

冀小北听着脚步声都能认出他，鼓着嘴抱怨："你怎么才回来呀。"

陈琢故意问他："你在楼下干什么？"

冀小北撇了撇嘴："我下楼扔垃圾，门关上了，我没带钥匙。可是我不敢给你打电话，因为你在搞年会，你在和同事跳舞，我一个人吹着冷风坐在楼下吃外卖。"

陈琢把他手里那个作为证据的空饭盒拿过来扔掉，顿时就有点愧疚了："委屈你了。"

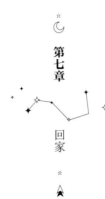

第七章

回家

001

临近春节了，他俩不在这边家里过年，不用置办年货，但是一起回陈琢家过年。晚上陈琢洗完澡出来，看看冀小北趴在床上，小腿跷着，一晃一晃地，珊瑚绒的裤管滑到了膝盖弯那儿。

听到陈琢出来，冀小北用两只手托着下巴抬起头："陈琢，你爸爸妈妈喜欢什么啊？"

陈琢不明所以："什么喜欢什么？"

冀小北循着他的声音，转头向着他的方向："过年我们总要带点东西回去吧。"

陈琢想了想："也不用特意带什么东西吧。"

冀小北又问："那你以前带什么？"

陈琢一脸坦然："就带我自己啊。"

冀小北咂了咂嘴："哎呀，你也太不讲究了，这可是回家过年，一年才只有一次呢。"

陈琢宽慰道："我看没什么要买的，反正按照我妈的说法，人回去就够了。"

话是这么说，但冀小北第二天就开始买特产，每天都有新的东西往家里搬。陈琢有点急了："停手吧，一个箱子都装不下了……"

安稳了没几天，陈琢下班后又看见好多大大小小的箱子、盒子，有些看着还很贵重。他惊呆了："这是干吗？要搬家吗？"

冀小北指着这些东西告诉他："今天小姑过来，都是她选的，她说第一次去你家做客，不能给老冀家丢人，这些都得带去。"

陈琢望着满地的箱子，叹了口气："行吧，我已经有做苦力的觉悟了！"

002

有次两个人吵架，吵完后谁也不想理谁，冀小北默默地钻进浴室里去洗澡，洗完澡后自个儿蠕动着到床上去了。陈琢也不理他，拿了衣服进去洗澡。浴室里热气腾腾，他走进淋浴间，看见起雾的玻璃门上写了一排字。但是上面的水雾有一小片变成水珠滑落了，弄得那排字模模糊糊的，可以勉强辨认出后面三个字是：生气了。陈琢看了好一会儿，联系上下文，研究半天，觉得第一个字应该是个"别"。

——别生气了。

陈琢明白了，这是冀小北拐着弯地示好求饶呢。他心里顿时就舒坦了，一边哼歌一边快快地洗完了澡，头发没擦干就跑卧室里去了。冀小北听见响动，立马警觉地转过头，陈琢走上前摸了摸他的脑袋。

冀小北气鼓鼓的："干吗呀！"

陈琢的语气十分雀跃："不吵架了，和好了。"

冀小北莫名其妙："不行，凭什么你说和好就和好啊！"

陈琢有理有据，一副大人有大量的表情："我都看到你写的字了，既然你都说'别生气了'，那就算了吧！"

冀小北怒道："我写的是'我生气了'！不是'别生气了'！"

003

冀小北觉得陈琢眼神可太不好了，得去治治。

第一次，他坐在沙发上，陈琢从浴室出来。

陈琢叫他："贝贝，人呢？"

冀小北回应他："我在这儿啊！"

陈琢哦了一声："刚刚没看到。"

第二次，他躺在沙发上，陈琢回家又是一顿找。

陈琢叫了一通："贝贝？贝贝，贝贝！"

冀小北有点无语。

陈琢自言自语："人呢？"

冀小北回他："我就在这儿啊！"

陈琢讪讪一笑："呃，我的错，刚刚没看到你。"

第三次，他趴在沙发上，陈琢又开始团团转地找他："贝贝，冀小北！"

冀小北超大声地吼道："我在这里！"

陈琢一拍脑袋："哦……好吧。"

冀小北忍不住吐槽他："这位朋友你怎么回事啊？不知道的还以为你是我病友呢。"

陈琢自己也觉得挺无语的，研究了好久，终于发现问题的根源了：因为冀小北的睡衣和沙发是同色系的。冀小北一个人待着的时候又不开灯，瘦瘦小小的，盘腿坐在那儿像个抱枕，趴那儿、躺那儿像条毯子，看不见人。

第二天，陈琢去商场买了套特别喜庆的大花棉袄，回去塞给冀小北。

冀小北接过东西，一脸茫然："这是什么啊？"

陈琢搬出他妈妈："这是我妈给你买的新睡衣，快穿上！"

冀小北哦了一声，利索地穿上了，乖乖问他："好看吗？"

陈琢一本正经地赞美他："好看！特别好看！"就是像地主家的傻儿子。

004

到了大年夜，两个人才坐车回家。出于安全问题的考虑，冀小北还是不情不愿地接受了儿童防走失牵引绳。可是他不开心，很不开心，非常不开心。他还是觉得陈琢像在遛狗。于是他决定在解开手环之前，再也不理陈琢了。

一刻钟过去了，半个小时过去了，一个小时过去了……不好，有点想上厕所……又过了半个小时，陈琢终于发现冀小北不对劲了——他一直在座位上扭来扭去的。

陈琢关切道："无聊了吗？"

冀小北坚定地摇了摇头。

陈琢提议："要不要看会儿电视剧？"

冀小北又摇头。

陈琢问："那听会儿故事？"

冀小北还是摇头。

陈琢打开随身背包："吃点小零食？给你带了辣条。"

冀小北内心期盼着他邀请自己去上厕所，嘴上又不肯说。

俩人就这样绕了好大一圈，陈琢终于问到重点了："要去厕所吗？"

冀小北赶紧眨巴眨巴眼睛，点了点头。唉，这种情况，还真是不得不低头。

陈妈妈是见过冀小北的，但这是陈爸爸第一次见他。陈爸爸年轻时候是中学体育老师，冀小北听陈琢讲过小时候是如何被他爸一顿胖揍，差点躺进医院的故事，所以一直对这位"猛男"心怀敬畏。

一下车，冀小北就开始紧张："陈琢，你爸爸不喜欢我的话，会不会揍我呀？"

陈琢扑哧一声笑出来了："放心吧，他不敢，他要是想揍你，我妈会先揍他的。"

没想到在出站口刚见着面，冀小北就被"揍"了。陈爸爸一边拍着冀小北的小肩膀，一边发出爽朗的笑声："小冀太瘦啦，过年在咱家多吃点！"

陈爸爸最爱喝酒，吃年夜饭的时候问小冀喝不喝。

小冀认怂且胆小，不敢忤逆，赶紧点了点头说"喝"，结果三杯酒下肚就找不着北了，开始捧着脸对陈琢嘀嘀咕咕。他一会儿指着这盘糖醋鳜鱼说"这个菜要卖二十元"，一会儿指着那份盐水河虾说"这个菜你吃了，还没付钱"。

陈琢被他逗笑了："这菜又不是你烧的，你凭什么拿来卖啊？"

冀小北脸上红扑扑的，问他："那是谁烧的？"

陈琢指了指老陈："我爸。"

冀小北迷迷糊糊地想了想，突然伸出食指放到嘴唇上，小声说："嘘！你别告诉爸爸！我怕他揍我！"

陈爸爸不乐意了，瞪着自己儿子："你在人家小冀面前编派我什么了！"

陈琢觉得很冤枉，这能怪我吗？谁让你一见面就把人家拍得怀疑人生，留下了心理阴影……

006

冀小北大年夜喝醉了，还没撑到十二点跨年就呼呼睡着了，第二天一大早就饿醒了。他俩睡在陈琢卧室里，那床还是陈琢高中时候睡的单人床，两个人挤一起，冀小北一动，陈琢就醒了。

陈琢打了个哈欠："还早吧，再睡会儿。"

冀小北哦了一声，不好意思说自己饿了，没想到他肚子帮他说了——特别响亮地叫了一声。陈琢笑他，他扑上去捂陈琢的嘴，两个人闹着闹着就从床上摔到地下去了。

估计是里头动静太大，过了一会儿，陈妈妈在外头嘹亮地吼了一声："起床了就出来吃早饭，两个人在里面瞎捣鼓啥呢！"

冀小北吓得立马骨碌一下爬起来，他理了理睡衣，打开房门，甜蜜蜜地给陈妈妈拜年："阿姨新年好！"

陈妈妈往他手里塞了个红包。

冀小北愣了一下："给我的？"

陈妈妈摸摸他的脑袋："是压岁钱，陈琢也有的。"

其实陈琢才没有呢，他都工作那么多年了，陈妈妈怕小北不好意思收才这么说的。冀小北摸了一下，好厚，不太敢接，陈妈妈硬塞给他了。看得出来他很开心，一整天都把红包揣在兜兜里。

陈琢说："我帮你收起来吧，一会儿别弄掉了。"

冀小北把红包护得好好的："不要！"

陈琢顿时觉得自己有点像那种骗小孩子说"我帮你保管压岁钱"的坏家长。

到了晚上睡觉前，冀小北总算舍得把红包拿出来了。他一边把红包端端正正地压在枕头下面，一边自言自语："我已经五年没有收过压岁钱了。"

其实小姑每年都会给他，但是他每次都不收，小姑平时在他身上花费得够多了，他觉得过年不能再收小姑的压岁钱。

陈琢听得心里头又酸又软，从包里抽了个红包出来，本来是准备明天给外甥女的，先借来用一下。他说："那我也给你一个。"

"为什么啊？"冀小北很奇怪，陈琢又不是他长辈。

陈琢："想让你开心。"

冀小北声音里都装满了雀跃："我已经很开心了！陈琢，你爸爸妈妈真好！我好喜欢他们！"

陈琢故意问他："嗯哼？然后呢？"

冀小北点点头："当然了，你最好！没有你，我怎么会认识你爸妈。"

007

年初二，陈琢的堂姐带着女儿过来拜年，还带来一只一个多月大的拉布拉多。小狗有些"人来疯"，一进门就开始在地板上横冲直撞，冀小北看不见它在哪里，光听着这儿哗啦，那儿咣当的响声就有点怕。小狗发现他害怕，就摇着尾巴在他身边打转，还跳起来咬他裤子。他吓得直往陈琢背后躲，陈琢觉得他都快哭了。

正闹着呢，陈妈妈让陈琢去二伯家拿个东西，陈琢正护着冀小北，不太乐意去。

陈妈妈笑他俩："怎么了？出去一趟，他能被小狗叼走啊？"

陈琢被说得不好意思了："好吧，行吧。"他走到门口又回头看了一眼，觉得冀小北的背影有那么点……悲壮？

陈琢半个多小时以后回来，一进门就是一阵震天响的狗叫，但没见着冀小北的人，外甥女一个人坐在地毯上玩玩具。

陈琢蹲下来戳戳她："小公主，你小北哥哥呢？"

小丫头抬起肉嘟嘟的手臂指了指洗手间。陈琢走过去，看见冀小北隔着浴室的玻璃门在和小狗崽吵架。

小狗崽被关在淋浴间里，声音闷闷的："汪！"

冀小北蹲在外面，叉着腰，气运丹田："汪汪！"

小狗崽："汪汪汪！"

冀小北："汪汪汪！"

小狗崽："汪！汪！汪！"

冀小北："汪汪汪！！！"

原来一进门震天响的不是狗叫，而是人叫，真凶……

这天晚上，冀小北梦里都还握着拳头和小狗吵架，说梦话时还龇着牙"汪汪"叫。

陈琢觉得好笑："有我在呢，没小狗敢凶你了，睡吧。"

冀小北的小拳头马上就放松下来了，一觉睡到天亮，流了一摊口水。

008

这几天小区附近的广场很热闹，每天散步的时候周围好像总是聚了很多人。这天出去逛的时候，冀小北很好奇地问陈琢："大家在干什么啊？"

陈琢说："这是一个临时集市，大家在这儿摆摊卖东西呢。"

于是冀小北去每个摊子前面亲自"视察"了一番，买了一兜杨梅，一把上海青，一个吹泡泡机，两把塑料刷子和一团棉花糖。

回去的时候，冀小北啃着一大团棉花糖，开始认真琢磨明天要怎么加入他们："陈琢，我也想摆摊！"

陈琢："你摆摊卖什么呢？"

冀小北想了想："我卖鲜虾干贝粥！"

冀小北又想了想他仅有的几个技能："我还可以卖茶叶蛋！"

想起茶叶蛋，陈琢就心如刀割："哎呀，家里早就没茶叶了啊，贝贝。"

冀小北在那愁啊，拧紧了眉头："那你说我能卖什么？"

陈琢看他一眼，认真想了想，说："你……卖萌。"

009

过年连着吃了好几顿大鱼大肉，晚上准备吃点清淡的。冀小北自告奋勇说他来煮粥，下午和陈琢去超市买了食材，做他最拿手的鲜虾干贝粥。到了四点半，他走进厨房，撸起袖子，系上围裙，背后站了三个人——陈琢爸，陈琢妈，陈琢。

冀小北转过身："你们都在这儿等着吗？是不是饿了？等一下哦，很快的！"他不要这么多人陪着，交涉了半天，终于同意留个陈爸爸给他打下手。

海鲜粥煮得很成功，一大锅全部被吃得精光，一口都没剩，冀小北骄傲得小尾巴翘天上去了。

吃完晚饭，陈琢过来戳戳他，把他拉到一边。

冀小北一脸莫名："干吗？"

陈琢语气挺委屈："贝贝，我下午被骂了。"

冀小北一叉腰："啊？谁啊？怎么了？谁敢骂你！我帮你骂回去！"

陈琢吐出两个字："我妈。"

冀小北立马尿了："那算了，你当我什么都没说。"

陈琢捏着嗓子，学着陈妈妈的语气说话："唉，我妈怪我怎么能让你做饭呢！"

冀小北嘿嘿笑道："可这是我自己想做饭的。"

陈琢转身就喊了起来："您听听，您听听，才不是我压榨他，让他做饭，是他自己想做！"

陈妈妈拍了一下他的后脑勺："他说做，你就让他做，万一发生危险怎么办？"

冀小北意识到自己是被陈琢套话了，怒道："你怎么'钓鱼执法'啊！"

010

年初六，两个人要回去了，陈爸爸和陈妈妈一起送他们去车站。

来的时候，冀小北和陈琢带了一个行李箱，走的时候拖了两个。

陈妈妈舍不得贝贝走，抱了又抱，抱多了，就把冀小北弄得特伤感，一会儿眼睛就红了，开始可怜兮兮地抹眼泪。

两个人还开始了认亲仪式，陈妈妈说要认冀小北做干儿子，因为自己做梦也想要个又乖又贴心的小儿子，冀小北说陈妈妈就像小姑一样对他特别好，让他忍不住想亲近。

陈琢开玩笑："要不你就留这儿不走了。"

冀小北和陈妈妈异口同声地说道："好啊！"

陈琢顿时不乐意了："好什么好啊？！"

陈爸爸在后面慢悠悠地来了一句："我也觉得挺好。"

依依不舍地和爸妈说了再见，两个人进去候车了。好不容易找到两个空位子，陈琢带着冀小北坐下。儿童防走失牵引绳今天又给戴上了，但是冀小北这几天特意研究会了怎么解开上面的手环，就偷偷把自己那头解开了。其实陈琢看到了，但是故意不说，往边上挪了两步。

冀小北一开始没发现异样，过了一会儿，他叫了一声陈琢，没人应，他再往边上摸了摸，发现邻座没有人——陈琢不见了。他慌慌张张地站起来，一边叫陈琢的名字，一边探手往前摸。其实只有很短的几秒钟，可是他觉得过了好久啊。

陈琢在他吓哭之前把他拉近了："在这儿呢。"

冀小北听见他的声音，鼻子一酸："你去哪儿了，我以为你走了，把我落下了……"

陈琢语气严肃地批评他："那你不解开牵引绳上的手环的话，我会把你落下吗？"

冀小北就不说话了。

陈琢的声音听起来有点凶："你刚刚找不到我是不是急了？今天带了两个行李箱呢，我万一没抓紧你，把你弄丢了，我是不是也着急，比你更着急？"

冀小北小声说："我比你着急。"

陈琢没想到在这个上面冀小北也要争个胜负："行，你比我着急。那你乖乖地戴好手环，我们都不着急好不好？"

冀小北自己乖乖地把手环扣上了，伸到陈琢面前："长官，我被逮捕了。"

第八章

最柔软的心

001

陈琢下班回来，冀小北叉腰站在门口迎接他，这让他有种很不好的预感。

冀小北左手举着一支牙刷，右手也举着一支牙刷，怒道："你又骗我！"

这两支电动牙刷是上个月买的套装，一支粉色、一支蓝色。为了让冀小北好辨认，陈琢特意给他的牙刷上贴了一张小熊形状的立体贴纸，一握就知道哪支是他的。下午他想给牙刷换一下刷头，但是没找到新刷头在哪个抽屉里，正好陈琢在开会，他就在 Be Your Eyes 上求助了一下。

这一求助，他才发现他那支贴了小熊的牙刷居然是粉红色。

粉红色！

顺便也知道了身上的新睡衣是大红大绿的，十分喜庆！肯定不是陈妈妈买的，陈琢这个大骗子！

陈琢赶紧把新刷头给冀小北换上，并且把粉色牙刷上的贴纸揭了，贴在蓝色牙刷上。

陈琢飞快地承认错误："换了，换了，我用粉红色的，你用蓝色的。"

冀小北狐疑道："真的换了？"

陈琢讨好地捏捏他的肩膀："真的换了，不信你找个人问问。"

冀小北进一步提出要求："那睡衣也换了！"

陈琢犹豫了："啊？"

冀小北气鼓鼓地发号施令："我要换！"

陈琢的睡衣大，冀小北穿着，最多是有点不合身；冀小北的睡衣小，陈琢穿着，连纽扣都扣不上，相当滑稽。

晚上两个人还和陈妈妈视频，陈琢遭到了陈妈妈的无情嘲笑："儿子你为什么穿这花棉袄，好傻啊！哈哈哈！"

002

陈琢发现这几天的冀小北总是喜欢摸鼻子，他忍不住问冀小北："你这是在干吗？"

冀小北哼哼唧唧地说："鼻子冷，焐焐鼻子。"

陈琢第一次听说人还要焐鼻子的："鼻子还会冷？"

冀小北走到陈琢跟前："我的鼻子真的好冷哦！不信你摸摸看！"

陈琢伸手摸了摸，确实冰冰的："那你鼻子为什么这么冷？"

冀小北特别认真地跟他讲解："因为鼻子在最前面啊，比脸上的其他地方都先迎接风吹雨打！所以一到冬天就变得好冷好冷！你知道鼻祖为什么叫鼻祖吗？因为'鼻'就是有初始的意思，鼻子就是第一冷的器官！"

陈琢被他一本正经的样子逗笑了："学到新知识了，谢谢小冀老师。"

003

过年的时候，两个人约好互送新年礼物，前提是花最少的钱，送出最好的东西。赢的人可以向输的人提一个要求。

冀小北买了一本菜谱送给陈琢。

陈琢一脸茫然："这是你给自己买的吧！"

冀小北理直气壮："那是不是得你拿着念给我听！"

陈琢想了想："是的吧？"

冀小北接着说："那做出来的菜是不是你也吃？"

陈琢犹豫了下："……是的？"

冀小循循善诱："那是不是送你的？"

陈琢无法反驳："也行吧。"

004

两个人本来约好晚上去吃火锅的，但是陈琢下了班回去接冀小北，他却说不去了，今天不吃晚饭了。陈琢惊了，连火锅都不吃了，太阳打西边出来了吗？！

陈琢问他："为什么不吃晚饭？"

冀小北捧着自己的小圆脸："我太胖了！"

陈琢愣了一下："……什么？"

冀小北一边说一边手上还比画："肯定是过年在你家吃胖了，你爸爸做饭太好吃了，我每天都吃两碗，这么多，这么多！"

陈琢被他逗笑了："不是……谁跟你说你胖了啊？"

冀小北垮着脸，嘟囔道："就楼下徐阿姨，她说我好肥啊。"

陈琢觉得这里头肯定有什么误会："怎么可能啊？好好吃饭！你一点也不胖。"

冀小北把碗推开："我不要。"

陈琢屈起手指，敲了敲他的脑门："赶紧吃饭，不然我找小姑告状了啊。"

晚上，陈琢下楼倒垃圾，好巧不巧地正好遇见徐阿姨，陈琢觉得应该和她谈谈这个事，但是不知道怎么开口合适。

他有点尴尬地引出话题："阿姨，您下午是不是碰见小冀了啊？"

徐阿姨特别热情："是啊，是啊！我下楼，他上楼，他提了一大条五花肉。"

这个陈琢是知道的，五花肉是小姑送来的，家里过年腌制的。

陈琢附和道："是啊，我看到了。"

徐阿姨搓了搓手："那肉看着真好，我还夸了一句真肥。你回去帮我问问小冀是哪个菜场哪个摊子上买的。"

陈琢先是一愣，然后直接笑了："哎呀，这误会可大了……"

行，破案了。

肥的是五花肉，不是冀小北。

005

开年上班第一天陈琢就要加班，冀小北一个人在家里待着很难受，就提着外卖跑去保卫室，和保安大叔一起听了一晚上的相声。

回家以后，他洗完澡，盘腿坐在沙发上吃草莓。本来是买的两人份的，但是他抱着一只大玻璃碗把两个人的全吃完了。

陈琢深夜归来，看见冀小北四仰八叉地坐在沙发上睡觉，面前的茶几上有一只空的玻璃碗，还有一堆草莓上面的叶子，草莓梗围成了一个圆形。

冀小北被陈琢拍醒了，特难受，烦躁地挥了挥手："别弄我！"

陈琢扶他坐起来："别在沙发上睡了，走，到床上睡去。"

冀小北用鼻孔看人："看见桌上的草莓梗了吗？"

陈琢："看见了呀！"

冀小北的中心思想其实是：我吃大草莓，你吃草莓梗！气死你！

陈琢的理解是：吃个草莓还摆个形状，看来贝贝心情挺好！

冀小北被陈琢笑得瘆得慌，陈琢在开心什么？今天也是"互相搞不懂对方脑子里在想什么"的一天。

006

有一次两个人吵架，冀小北气得一整天都没和陈琢说话。陈琢在网上学了个法子，把家里的罐子都拧得紧紧的，这样冀小北打不开盖子就只能来找自己帮忙，那不就得主动开口和自己说话？！

第一天，他拧紧了盐罐子，冀小北端着小碗去楼下徐阿姨家借了一小碗盐。

第二天，他拧紧了米罐子，冀小北铁骨铮铮地放弃吃饭，煮了包方便面，外加两个蛋和两根火腿肠。

第三天，他拧紧了装橡皮糖的罐子，里面放着冀小北每天都要吃的小零食，但冀小北这天拧不开，干脆不吃了。

反正就不叫他呗。

而且冀小北还特意去了一趟超市，买了一整套的柴米油盐酱醋茶，加上瓜子、饮料、矿泉水。一大袋东西像小山一样摆在桌上，非常具有挑衅意味。意思是自己已经发现陈琢的阴谋了，并且绝不会让他得逞。

007

今天是万圣夜。冀小北上学的时候只在英语课本上学过。

他们小区有个国际幼儿园，小朋友们都做了万圣节装扮，到了晚上，有三拨小孩上来敲门："Trick or treat!（不给糖就捣乱！）"

冀小北很郁闷，把小朋友送走后，自己就坐在沙发上发呆。

陈琢过去捏了捏他的肩膀："怎么了？"

冀小北的声音闷闷的："我不开心！"

陈琢认真地问："怎么个不开心？"

冀小北开始细数万圣节这天的惨痛损失："那个葡萄味的糖我还没吃呢，包装都还没拆！还有那个奶糖，昨天才买的！昨天！可乐糖我也不想分给别人吃啊，啊啊啊！"

陈琢就笑："不想给就不给嘛。没事，明天就去买新的。"

冀小北气鼓鼓的："可他们是小朋友，不能不给！我是小朋友的时候，怎么没人举办这种活动，我太吃亏了！"

陈琢故意说："你不是老喜欢说不想被当成小朋友吗？"

冀小北哀号："可是今天我想做小朋友！"

008

晚上两个人去逛商场，二楼装了一排新的抓娃娃机，吱儿哇吱儿哇叫得特别欢。

路过的时候冀小北听见了："什么在响？"

陈琢回头望了望："抓娃娃机，这里以前好像没有啊。"

冀小北拖着他往回走："要玩！"

陈琢先换了十个币，可以抓五次。冀小北抓着操作杆，陈琢抓着他的手帮他控制，很快五次就玩完了，什么也没抓着。陈琢又去换了二十个币，还是什么也没有抓到。最后一把眼看着也没戏，陈琢的胜负欲上来了，又跑去换游戏币。

冀小北自个儿抓着操作杆随便动了两下，正好倒计时结束，那爪子自动下去了，抓了个娃娃起来，过了一会儿响起一个欢天喜地的音效。两个人都愣住了。

冀小北很得意地发出一声感叹："唉，搞半天，原来是你不行啊！"

陈琢无言以对，也无颜以对。

冀小北蹲下来摸索着推开隔板，把抓到的娃娃从机器里取出来。

"好看吗？"

陈琢拖着冀小北就走："不好看，一点也不好看！"

冀小北哼道："你骗人，明明就很好看，我都摸出来了，是皮卡丘！"

后来，陈琢经常把这娃娃藏到柜子里去，冀小北每次都要把它掏出来，然后向每一位来做客的亲朋好友介绍："你看！这是陈琢花二十八块钱都没抓上来，我只花了两块钱就抓上来的皮卡丘哟！"

009

陈琢下班回家，看到冀小北坐在小区门口，一脸认真地托着下巴。

陈琢走过去："你在这儿干吗？"

话音刚落，就听见一声震天巨响，陈琢吓了一跳，想都没想就蹲下来把冀小北护在怀里。

冀小北挣扎着从他臂弯里拱出一个脑袋："哎呀，你打扰到我工作了！"

陈琢一头雾水："什么工作……"

冀小北指着不远处爆炒米的摊子，说："我要提醒大家它什么时候爆炸！"

他一个人闲得没事干，就到小区保安室找保安大叔唠嗑，唠着唠着外面轰的一声，他吓坏了，问保安大叔怎么了，保安说是有人在爆炒米。

于是他就搬了张板凳，坐在小区门口，和炒米摊子的老板说好了，要炸了就提前告诉他，他好提醒别人。

炸完这回，他问老板还有没有，老板说还做最后一炉。陈琢靠着冀小北蹲下来，陪他一起疯。

陈琢贴着他："你一下午都在忙这个呢？"

冀小北点点头："嗯！"

陈琢问他："你都是怎么提醒别人的啊？"

冀小北乖乖地回答："我就……我就说炒米要炸了！大家不要怕！"

陈琢在想冀小北会不会觉得尴尬："那你知道这周围有人没人啊？"

冀小北说："反正有人没人我都喊，如果有人听到就不会吓一跳啦。"

两个人聊了一会儿，最后一炉炒米爆好了。老板操着一口不太熟练的普通话："要好咯，要好咯！"

冀小北转过来，两只手捂住陈琢的耳朵："要炸啦！不要怕！"

陈琢一直都知道，冀小北有一颗全世界最柔软的心。

第九章

遇见你

001

最近有半个月没出太阳了，冀小北都没内裤穿了。

他有七条内裤，红橙黄绿青蓝紫，上面分别标着"1"到"7"这七个数字。目前，最后一条"7"穿在身上，"123456"洗完后晒在阳台上，还没干，排成一排，像一道彩虹色的靓丽风景线，谁路过都忍不住抬头望一眼。

白天冀小北给陈琢打了个电话，让陈琢下班去超市帮忙买内裤。

陈琢去是去了，结果回来说超市的内裤卖空了。

晚上冀小北洗完澡，换下了他最后一条紫色内裤，就没内裤穿了，很愁。

陈琢洗完碗，去楼下倒垃圾，碰见徐阿姨就唠了会儿嗑，再回来就看见他在烘干内裤。他裹着浴袍，搬了张板凳坐在"小太阳"前头，两条大腿上各摆放着三条内裤——红橙黄绿青蓝，好不鲜艳。

陈琢觉得好笑，问："你在干吗？"

冀小北气鼓鼓："烘干内裤啊！谁让你不给我买新的！"

002

周末和假期，两个人窝在家里看了很多电影。这天也一样。

冀小北盘腿坐在地板上，背靠着沙发，抱着一大碗草莓，问他的专属解说员："今天我们看什么？"

陈琢凑过来拿草莓，胡子蹭到了冀小北的手臂："你想看什么？恐怖片不行。"

冀小北被他扎得很痒，把他扒拉开："你长毛了！"

陈琢厚着脸皮说："又不出去见人，为什么要刮胡子。"

于是冀小北骂他："你怎么像野人？"

冀小北想起小时候，他爸爸喜欢用胡子蹭他，又痒又扎。那时候他就下定决心——等他长胡子了，也要这么蹭他爸，向他爸"复仇"。可是后来没有机会了。

于是他也不刮胡子了，留了好几天，留长了以后就去扎陈琢。陈琢在刷牙，他扬着下巴凑上去。

陈琢："你也是野人吗？"

003

周六早上，陈琢说了一个小谎，他骗冀小北说自己要加班，其实他根本没去公司。

他听朋友说市区有一家黑暗体验馆，可以感受视障者的日常生活。接待他的工作人员就有一些视力障碍，她告诉陈琢不用觉得他们可怜，他们只是在用另一种方式感知世界。

从体验馆出来，陈琢心里有种说不出的感觉，回去的时候顺路去蛋糕店买了一块草莓拿破仑蛋糕。

冀小北在家等他吃饭，心里特别不爽，这上的什么班嘛，平时加班就算了，怎么周末还要加班！钥匙插锁孔里的时候他就听见了，但还是假装没听见，躺在沙发上戴着耳机，故意不理陈琢。

陈琢把蛋糕塞进他怀里："又装睡呢。"

冀小北身手敏捷地把盒子拆了。

陈琢想把蛋糕收回来："下午再吃吧，现在吃了，一会儿又不好好吃饭了。"

冀小北才不理他："我现在就想吃。"

有时候，"用另一种方式感知世界"也表现为吃一口就能马上清楚地辨认出这块蛋糕是在哪条街哪条巷哪家店里买的……

冀小北举着叉子："这不是你公司楼下那家店的味道，你骗我！你上午到底去干了！"

陈琢忽然语气变得很认真："谢谢你，贝贝。"

冀小北愤愤道："谢什么谢？你是不是想岔开话题？！"

以前陈琢总觉得是他好不容易才能结识冀小北，直到这一天他才发现是冀小北在黑暗世界里很艰难、很艰难地找到了他，然后执着地从家里走出来，走到他身边。

与你相遇，好不容易。

004

有天晚上，两个人去逛商场，回去的时候顺路去公园里散步。下了一天的雨，刚刚才停，石板路上隔个五米十米就有一摊积水，既绕不开，也很难跨过去。

遇到这种情况，实在没办法了，只能由陈琢把冀小北"渡"过去。

陈琢伸手捞住冀小北的胳肢窝，想把他直接提过去，没想到一用力没提起来，再用力还是没提起来。去年这个时候，明明一只手就能提起来的！

最后是陈琢用两只手把他背过去的。隔一段距离就有一小摊积水，抱了五六次以后，陈琢累了，于是两个人坐在靠椅上休息。陈琢实在是憋不住笑，被冀小北发现了。

冀小北转过头问他："你笑什么啊！"

总不能说自己想起来"去年只要用一只手，现在要用两只手了"吧。陈琢开始扯谎："就想到去年这个时候也在这儿散步，也下过雨，地上好多水，也是我背你过去的。"

冀小北抠着自个儿破洞裤的破洞里鼓出来的肉，乖乖地点了点头："嗯，对。我也记得呢！"

005

冀小北喜欢玩雪，但严格意义上来说，他并不喜欢下雪天，因为雪花落下来没有声音，他听不出下没下雪。雨声他一下就能听出来，还能辨认出来是大雨、小雨还是毛毛雨。

以前冀小北不讨厌下雨天，但也说不上多喜欢。因为他不出门，无论外面下雨、下冰雹，还是下刀子，都和他没关系。

可是现在不一样了——

大部分时间他都讨厌下雨天。比如说好了吃完晚饭就去超市买零食，结果下午突然下起暴雨，弄得地上太湿了，路不好走，购物计划就只好取消。冀小北浑身难受，晚上呆呆地坐沙发上能念叨半天："蟹肉棒、鳕鱼肠、杧果干、草莓脆、广告上新出的蜜桃味薯片……你帮我写下来没有啊？我明天要对着清单买！"陈琢拿着手机把他的话写在备忘录里："写了，写了，一个都没漏。"

但冀小北也有喜欢雨天的时候。比如突然下起小雨，陈琢又没带伞的情况下，他能去接陈琢下班，就觉得特别开心。比如有时候躺在被窝里，他听到外面窸窸窣窣的雨声，迷迷糊糊地提醒陈琢："下雨了，你明天要记得带伞哦。"

以前下起雨，冀小北总觉得雨声好重，吵得一晚上睡不着。现在不会了，他不是一个人了，打雷闪电他都不怕了。

006

冀小北有一支录音笔，是托妹妹去买的。那时候每次去电影院，他都会把讲解录下来。这支录音笔陪伴他度过了人生中最开心和最不开心的时光。一个人在家的时候，他自己放电影，听着陈老师的讲解把电影再"看"一遍，这样和cz2046连线的时候，就有东西讨论了。这是最开心的。最不开心的时候，他刚知道陈老师和cz2046是一个人，以为自己被耍了，他把Be Your Eyes卸载了。

从手机上删掉一个软件很容易，可是，要从生活中删掉一个人、一段情谊却很难。他不去电影院了，而是一个人在家里把那些电影翻出来看。为了和cz2046讨论，他每部影片都看过好多遍了，光是听着台词和背景音乐，他都能马上想起对应的讲解词。一开始他不准自己去听，后来实在忍不住了才把录音笔拿出来，躲在被子里听，就听一小会儿。

而现在，他已经很久很久没用到那支录音笔了。

他把它藏了起来。

首先当然是因为他已经不需要听一个储存下来的声音了。其次，他才不会让陈琢听见这些东西，要是陈琢知道了，他也太没面子了，以后还怎么在这个屋檐下立足！

冀小北不知道的是，他的录音笔早就被"敌军"发现了。陈琢把里面的音频导出来，存在电脑里，建了个文件夹，想了半天文件夹的名字，输入又删除，删除又输入。

最后他敲了三个字：战利品。

007

春天到了，两个人抽了个周末出去自驾游。

目的地是邻市的一个新景区，陈琢同事推荐的，说那里的樱花开得很漂亮。到了景区，陈琢和冀小北双双戴上了儿童防走失牵引绳。

陈琢担起解说的职责，一路给冀小北说这里有什么花，开得怎么样，红的像火，粉的像霞，白的像雪……冀小北虽然看不着，但是听他讲了这么多也很开心，在樱花树下拍了好多照片，说要发给妈妈看。

吃过晚饭，冀小北果然跑去和陈琢妈妈视频，可兴奋了，说那里有什么花，开得怎么样，什么红的像火，粉的像霞，白的像雪。说完非要让陈琢给妈妈发张照片，让妈妈也看看好看的风景。陈琢硬着头皮发过去一张照片，照片的内容是这样的：众众众众众众众众众众众冀小北众众众众众众众众众众众众众众众众众众。

陈琢给他妈发了一条消息："到处都是人，花也还没开好，别让他知道啦！"

于是陈妈很配合地演了一出戏，说照片拍得真好，花好看，人更好看，把冀小北哄得美滋滋的。

陈琢暗中松了口气，幸好没穿帮。他不想让冀小北失望，今天编的那些景物描写已经用上了他毕生所学的语文，连小学语文课文都背出来了。

008

冀小北有好几年没过愚人节了，今年不一样了，他有可以过节的对象了。四月一日一大早，冀小北就偷偷起床，给陈琢做奥利奥，扭一扭，舔一舔，再挤一圈牙膏，盖回去，压一压，一共做了五块饼干。

陈琢往餐桌前面一坐，一眼就看出了这饼干有鬼。

说实话，这招他十年前就用过，用在老陈身上，结果放学回家就被老陈抓住一顿暴揍。但是就算他看出来了，也要假装没看出来，毕竟好不容易过一次愚人节，冀小北还费心准备了道具。陈琢咬了一大口，然后惨叫一声冲去洗手间了。冀小北笑得很开心。

后来陈琢去上班了，冀小北下午饿了，想吃点心，但忘了桌上还有自己亲手制作的"惊喜奥利奥"，他拿出来扭一扭，舔一舔……舔了一嘴牙膏，呸呸呸。

当然，这么蠢的事情他是不会告诉陈琢的。

陈琢本来不打算过这个节，但是冀小北一大早就给他搞了个惊喜，他也不能让冀小北失望。

晚上，陈琢看到冀小北又煮了茶叶蛋，于是语气沉痛地忽悠冀小北——你又把几千块的茶叶给煮啦。在冀小北态度端正地认错两个小时以后，他才告诉冀小北那个红茶就是超市买的，是十几二十块钱一斤的普通茶叶。

009

冀小北在网上火起来是一晚上的事，缘于某视频社交网站的一个小视频。

视频里冀小北从超市里出来，一只手里握着导盲杖，另一只手里抱着一网兜鸡蛋。视频下方配字：在超市门口遇见的小哥哥，他小心翼翼地捧着鸡蛋的样子好可爱哦！祝他天天都像今天一样开心！

那天冀小北确实挺开心的，因为买了鸡蛋又可以做他最拿手的食物——茶叶蛋了！

这事儿陈琢一开始并不知道，还是他同事告诉他的。项目组里有几个和他关系好的见过冀小北，就把视频给他看，说："这不是你室友吗？"

陈琢一看还真是，问他："你这视频是在哪里看到的啊？"

同事说："这视频很红的，评论也很多，都说特别可爱什么的，我这几天刷到好几次了。"

陈琢心想：怪不得最近出去散个步，老觉得被人盯着，原来不是错觉。

过了几天，同事又刷到一个视频，还是在超市门口。

下面的描述是：居然碰见了最近很火的鸡蛋小哥哥！真人真的好可爱！然后……我发现他手机壳上印着两行字：不要一直看着我，再看要收费了。再看视频下面的评论：谁干的！这是什么手机壳！我们鸡蛋哥哥自己都不知道吧？！

010

某爆火的科幻系列电影的第四部要上映了，陈琢天天刷新软件等着抢票。去年五月为了看第三部，他用两天时间给冀小北恶补了故事背景。那个周末，他俩窝在沙发上，看了两天的电影。

到最后陈琢问："贝贝，你耳朵累了吗……"

冀小北摇头："不累啊！还能继续！"

陈琢哀号一声："可是我累了！我眼睛也花了，嘴也干了，我喝了八杯水！"

冀小北恋恋不舍："那好吧，休息一下。"

陈琢随便找了个话题："如果可以有一种超能力，贝贝希望是什么？"

冀小北希望能回到过去，事故发生的那一天，和父母一起躲过这场车祸。

可是那样的话，未来是不是就不会认识陈琢了？

他没有回答，反问陈琢："你想要什么超能力？"

陈琢想了想："穿越时空，我想回到过去。"

冀小北愣了一下："为什么？"

陈琢沉声说道："我想看看十五岁以前的你。"想参与以那件事为分界的、我错过的、你以前的人生。

陈琢很认真地说："我不是知道你家了嘛，我穿越回去就去那儿找你，咚咚咚地敲门，告诉你妈妈，我是从未来过来找你的。"

冀小北就笑："那我爸妈肯定觉得你是江湖骗子，一定举着扫把把你赶出门。"

陈琢闭上眼睛畅想："那我就在楼下等你，看到你就叫你贝贝，说我是从未来过来找你的。"

冀小北打他："那个我根本不认识你好不好，才不会信你的鬼话！"

冀小北其实想说，像我这样的人，能遇见你已经是一种很厉害的超能力了。可是他突然就有点不好意思，没有说出口。

第十章

榴梿和西瓜

001

陈琢发现冀小北还挺挑食的，不吃的东西很多——不吃茄子，不吃香菜，不吃平菇，不吃生姜……还不吃榴梿。当然，不吃榴梿不能算挑食，但是陈琢觉得是就是吧。

冀小北还不吃坚果，也不能说是不吃，就是不爱吃。陈琢立志要让他爱上坚果，这是第一步，下一步再继续"感化"他，让他吃榴梿。虽然任务艰巨，但是万一成功了呢？

冀小北之前五六年都没人管，现在有个人成天管着他，感觉还挺新鲜。他的青春期只有他自己一个人，也没人让他叛逆一下，于是面对陈琢的"管制"，他特喜欢唱反调。

陈琢买了一大包坚果，希望借此培养他对坚果的兴趣。

第二天陈琢下班回家，发现坚果外面的大包装被扔在垃圾桶里，他喜上眉梢，心中一阵欣慰，紧接着看到了一小包一小包的坚果全拆封了，整齐地以网格状排列在茶几上，十分挑衅。而且，里面的所有坚果仁都还在，冀小北只是把每一包的蓝莓干和黑加仑干全挑出来吃掉了……

陈琢怒从心中起，恶向胆边生，大吼一声："冀小北！你给我过来！"

002

冀小北洗完澡，盘腿坐在沙发上吃葡萄，吃了一会儿，听见浴室里传来噼里啪啦的脆响。他穿上拖鞋嗒嗒嗒地跑去浴室，有点不安地叫了一声："陈琢，什么声音？"

陈琢把地上的碎片踢到一边："你别进来啊。"

冀小北听见稀里哗啦的声音："陈琢，什么东西摔碎了吗？"

陈琢把灯的开关关掉："没事，就是灯泡突然炸了。"

冀小北不知道碎片在哪里，不敢往前走，伸手往前探了探："啊……那你人没事吧？"

陈琢："没事，我刚没站在灯下。等会儿我要去楼下把灯泡'尸体'给埋了。"

冀小北一下子没反应过来："什么灯泡'尸体'……你说这些碎片吗？为什么？"

陈琢一本正经地开玩笑："因为它是个特别聪明的灯泡，知道在我进来的时候再炸。要是早个五分钟，你肯定要吓死了。"

冀小北嘴硬，不肯承认："我……我才不会吓死！"

陈琢也不揭穿他："哎，我说错了，你那么厉害，肯定一点都不怕。是我快被吓死了，快安慰安慰我吧。"

冀小北把手放到他背上，轻轻地拍了拍。这还是他从妈妈那里学来的，以前妈妈就爱这样哄他，嘴里还说着"不怕、不怕"。

003

晚上，两个人坐在沙发上看电视，冀小北戳戳陈琢："你知道明天是什么日子吗？"

陈琢秒答："我知道，明天是礼拜一，上班的日子！"

冀小北摇头："不对！"

陈琢一拍脑门："我知道了，明天是八号，发工资的日子！"

冀小北扭过头："……再见，不理你了。"

第二天是世界微笑日，对于冀小北来说，每个节日都是第一次过，都很有意义。网上说，这是用微笑传递善意的节日，他要给每个重要的人都送上祝福。

冀小北忙碌了一整天，先去了一趟小姑家，送上精心准备的礼物。他给小姑的是一枚精致又漂亮的胸针，送小姑父的是一套乒乓球拍。紧接着，他给陈琢的妈妈打了个电话，聊了一会儿天，祝她节日快乐。

中午他和妹妹相约一起吃火锅，点了最喜欢的辣锅。下午他去电影院，对解说员们说谢谢，还给他们最新的解说稿提出了修改建议。傍晚回到家，他向保安、门卫、楼下徐阿姨热情地打招呼，感谢他们平时的帮助。

终于等到晚上陈琢下班回家，冀小北送上了为他准备的礼物，是一整个榴梿。

004

陈琢晚上要加班，等外卖的时候，他给冀小北打了个电话。

冀小北小声埋怨："你什么时候回来啊，我想吃西瓜。"

陈琢自然是百分百满足他的需求："我回去的时候给你买吧，要大西瓜还是小西瓜？"

冀小北马上回答："我已经买好了。"

陈琢哦了一声："那等我回去给你切。"

冀小北说："不用切，走路上西瓜摔碎了。"

陈琢思考了两秒钟，发现这是一道送命题，类似于"我今天吃药的时候看到一条新闻"。他飞快地在内心分析了一下，这句话虽然没有说出"摔跤"这个词，但是显然包含了摔跤的意思，属于隐含条件，粗心一点的话就可能会漏掉。一番分析下来，有理有据。

陈琢连忙关切道："人没事吧，没摔到吧？"

冀小北愣了一下，然后哼了一声："是瓜摔了，又不是我摔了。你觉得我走个路也会摔跤？你是不是看不起我？"

陈琢马上否认："不敢、不敢。"

这剧情怎么好像和想象中不一样！

他只好硬着头皮问："那瓜是怎么摔的？"

说到这事儿，冀小北就生气："塑料袋破了，瓜摔地上了，瓜就破了啊。"

陈琢想象了一下那个画面："那你把瓜捡起来，抱回家了？"

冀小北气势汹汹地控诉："塑料袋五毛钱买的，居然敢破了！气死我了！然后我就抱着瓜回超市，让他们赔了我一个塑料袋！"

陈琢实在不懂他的脑回路："那瓜有几斤？"

冀小北答得很快："十斤吧。"

陈琢又好气又好笑："你抱着十斤的破瓜回去，让人家赔你一个塑料袋？"

绕了这么一大圈，冀小北总算说出了心里话："所以你什么时候回来啊，我想吃西瓜！"

005

众所周知，一个人讲话的声音是可以随心意而改变的，但打喷嚏的声音不能。比如冀小北打喷嚏是特别豪放的一声"阿嚏"，陈琢打喷嚏是特别娇羞的一声"阿啾"，尾音还拖得老长。

陈琢第一次感冒的时候遭到了冀小北无情的嘲笑，原话是这样的："陈琢你打喷嚏的声音好像皮卡丘啊，哈哈哈。"

陈琢倍感耻辱，从此不敢轻易感冒，毕竟这声"阿啾"十分有损颜面。

有一次陈琢早上睡过了头，起来后赶着去上班，一不小心拿错了手机。电梯里，响起一声无比响亮的"阿啾"。陈琢震惊了，居然碰见了第二个"阿啾"的人，他简直想上去和对方交流一下。

等等，这个人怎么还打个不停了，而且这声音怎么和自己的这么像？！他后知后觉地反应过来，是自己的手机在响，冀小北居然把他打喷嚏的声音设置成了手机铃声？！

电梯里太挤了，他掏了半天也没能成功把手机掏出来，于是整个电梯安静得很诡异，只有循环播放的"阿啾"声久久回荡……好不容易出了电梯，他接起电话，是冀小北用他手机打过来的："你是不是把我手机带走啦！"

陈琢心如止水："别问我，脸已经丢完了，心也已经死了。"

006

六月底的时候，陈妈妈说半年没见冀小北了，挺想他的，邀请他来家里做客。陈琢心里是有一百个不情愿，可是冀小北自己也想去。

陈琢叹气："为什么我没有暑假！我也想回家！"

冀小北拍拍他的肩膀："因为你长大了，是大孩子了！"

陈琢看着有假期的"小孩子"，欲哭无泪。

本来陈妈妈是准备亲自过来接人的，陈琢怕她太奔波，准备自己周六把冀小北送过去，然后在家住一晚上，周日再赶回来。结果被冀小北无情拒绝，冀小北说不要他送，要自己坐飞机过去。

冀小北开开心心地收拾行李去了，陈琢都快愁死了。

出发那天，两个人很早就到机场了，工作人员确认的时候问了一句："是冀小北小朋友吗？"

冀小北愣住："啊？"

陈琢想也没想："嗯。"

冀小北捶他："你瞎答应什么……那个，我不是小朋友，我成年好久了！"

工作人员抬起头："不好意思，不好意思，这趟航班上还有一位无人陪伴的儿童，我刚刚看错了。"

冀小北欢欢乐乐地跟着工作人员走了，丝毫不能理解身后这位"老父亲"的心情。陈琢已经提前把行李寄回去了，所以冀小北只背了一个他十五岁时背的小书包，走起路来在屁股上一晃一晃地。

两个人的手机还在通话中，冀小北走几步就要停下来，回过头"望"一眼，叫一声"陈琢"。

"陈琢，你还看得见我吗？"

"看得见。"

"现在呢？"

"看得见啊。"

"现在呢？还看得见吗？"

"看得见。"

"大骗子！我都上飞机啦！"

"好吧。"

"陈琢，我坐在窗户旁边，我摸到了一扇小小的窗户。一会儿外面会有云吗？"

．．．．．．．．．．．

冀小北很兴奋地自己在那儿絮絮叨叨，过了一会儿，说："啊，广播说要关机了。"

陈琢还是很不放心，啰唆着说了好多："包放好了吧？一定要听工作人员的话，落地了就给我打电话，东西别忘了，爸妈都过去接你了，下飞机后不要自己乱跑，知道吗？反正你记得先给我打电话，还有包里……"

冀小北叹了口气："等等，等等，你先听我说一句，我要关机了。"说完就万分果决地挂断了。

007

陈琢送完冀小北，回去以后干什么都没心情，只能捧着手机焦急地等电话。

终于，手机响了，那头传来冀小北的声音："我到了，挂了！"

陈琢还没来得及说上话："喂？！"

然后冀小北的电话就打不通了，占线了。真是好酷一男的……

陈琢捧着手机度秒如年，八百年过去了，手机响了，那头传来他母上大人的声音："接到了啊，挂了！"

陈琢又一次没来得及说上话："妈？！"

他很忧伤，给自己煮了两包香菇炖鸡面，慢吞吞地吃完，手机终于又响了。他故意晾了一会儿才接起来："喂，哪位？"

冀小北在那头很兴奋："是我呀！"

陈琢假装没认出来："哪位？好像不认识。"

冀小北立马就识破他是故意的："欸，你怎么这样！"

陈琢还不肯放过他："哟，你还能想起有我这号人，真不容易。"

冀小北傻笑两声："都怪妈妈太热情啦，我都没机会打给你！"

然后冀小北用八百字描述了自己在飞机上吃的担担面、串串烤玉米、牛肉饭、冒菜和茉莉花茶，最后打了个饱嗝："我还给妈妈打包了一份担担面！可是太辣了，妈妈不会吃，我只好自己吃掉了！"

陈琢体会了一把长辈的欣慰："看来你第一次的独自旅行非常顺利啊。"

008

四天后，陈琢接到了陈爸爸打来的求助热线，让他回家一趟，帮忙吃鸡蛋。

陈琢一头雾水："啊？吃什么鸡蛋？"

陈爸爸呼出一口浊气："你去问小北吧，反正我是不敢问你妈。"

晚上陈琢和冀小北通话，试探着问了一句："你是不是在家里煮茶叶蛋了？"

冀小北的语气听起来又兴奋又惊喜："哇！你怎么知道！你是不是想吃茶叶蛋了！"

陈琢父母住的那个小区，中老年人比较多，经常有卖健康器材、养生补品的人在小区门口搭棚子、做推销。

冀小北把事情一五一十地说了："妈说以前她只有一个人，只能领一份鸡蛋。带上我，我们就有两个人了，可以领两份鸡蛋！"

陈琢头都大了："不是……你们在那儿买什么东西了，是正规厂家吗？有资质吗？过质检了吗？安全吗？你回去让咱妈拍照给我看一下。"

冀小北摇了摇头："咱妈说了，咱们只领鸡蛋，不买东西！"

看来陈爸爸的担心是多余的，这俩人精着呢。陈琢夸他："那你真棒，是咱妈的好助手。"

009

有天吃过饭以后，陈琢一个人在阳台上不知道捣鼓什么东西。

冀小北跟过去，听见咔咔刨土的声音："陈琢，你在种花吗？"

陈琢没说是，也没说不是，只问他："你要一起种吗？"

冀小北点了点头，一屁股坐到陈琢跟前，开始学陈琢那样刨土。他手里抓着铲，陈琢手把手地教他，两个人共同努力，在花盆里挖了个坑，然后把种子埋好，盖上土。

冀小北很好奇："这是种的什么植物？多久会开花？开什么颜色的花？大不大？香不香？好看不好看？"

陈琢故弄玄虚："我也不知道啊，得等它开了花才知道。"

冀小北对这盆花十分上心，又是浇水又是施肥，每天还抱着花盆去楼下晒太阳。等啊等，盼啊盼，小花儿终于萌芽了，他摸到了顶开土壤的第一片叶子，不敢用力，只敢很小心地摸。这植物长得很快，几乎每天都在长高。他很兴奋，一天要问好几遍："它怎么还不开花？

它什么时候开花？"

有一次和陈妈妈视频，他忍不住想炫耀自己养的花，把花盆捧到手机前面让陈妈妈看。

陈妈妈连连夸赞："这大蒜长得真好。宝贝儿，给你点赞！"

010

冀小北是特别招蚊子的那种体质，而陈琢是那种扔蚊子堆里，蚊子也懒得理他的体质。一到夏天，冀小北的受难日就来了，浑身上下全是蚊子包。

他不痛快了，就会去找陈琢的不痛快。陈琢太冤枉了："是蚊子咬你的，又不是我咬你的，有本事，你咬回去啊！"

冀小北抓了抓手背上的蚊子包，说："就怪你，谁让你不帮我分担'火力'！"

午睡的时候，冀小北被蚊子咬醒了，嘟嘟囔囔地把陈琢喊过来。

陈琢一脸茫然："啊？怎么了？"

冀小北半梦半醒地咕哝："有嗡嗡……"

陈琢没明白："有什么？"

冀小北哼哼道："哎呀，你快去插电蚊香！"

陈琢插好电蚊香，不知道想到了什么，忽然开始傻笑。

冀小北被他笑得都睡不着了，问他："干吗？"

陈琢慢悠悠地说道："你还记得我那个同事吗，老赵，他媳妇儿给他生二宝了。"

冀小北不知道他这时候提人家干什么："啊？然后呢？"

陈琢憋笑憋到身子发颤："然后他就跟我说，他媳妇儿每天半夜起来喂奶，会一巴掌把他拍醒，踹他去开灯。"

冀小北隐隐觉得陈琢不安好心："你想说啥？"

陈琢大着胆子说："我想说，其实差不多，人家喂儿子，你喂蚊子。"

冀小北顿时睡意全无，怒吼一声："陈琢！"

011

自从有一次冀小北趁陈琢不在家，一下午偷吃三块冰砖，到了晚上被紧急送医以后，陈琢对他的冰棍摄入量就进行了严格把控——家里不批发冰品了，一个礼拜只能吃一次，现买现吃。

有天两人从超市买了一块冰砖，一回家，冀小北就吵着要吃，一分钟都等不了。

陈琢拆了包装，把冰砖放在小玻璃碗里，配了一把迷你咖啡勺，每次只能吃指甲盖那么一小口，然后端过去给冀小北："吃吧。"

冀小北挖了一勺："这要吃到什么时候？！一会儿就化完了！"

陈琢开始翻旧账："那你三口就吃完了，一会又要肚子疼。"

陈琢去楼下倒垃圾，回来的时候看见冀小北把整个脸埋在碗里。听见开门声，他转过头的时候，鼻子上一片白，嘴边一片白。陈琢给他拍了一张照片，后来存到电脑里的时候，他把这张照片命名为：古有乌鸦喝水，今有小冀吃冰。

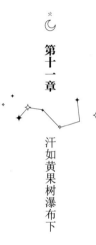

第十一章

汗如黄果树瀑布下

001

冀小北虽然一年到头喝不了几次酒，但是每次喝都会醉，每次醉完，陈琢都会笑很久。有一次冀小北喝醉了，两只手放在陈琢的膝盖上，一路摸到脚踝。

陈琢被他摸得心里毛毛的："你想干吗？"

冀小北打了个酒嗝："陈琢，你腿上的毛能不能分我一半？"

陈琢拍拍他的脑袋："乖，等你长大就有了。"

冀小北特别羡慕陈琢的腿毛，好酷一男人啊！

为什么自己就不长呢？

有一次，他半夜起床上厕所，踩到了毛拖鞋，非说床下面有只狗，吓得不敢去尿尿。

陈琢乐死了："不是狗，你看它都不叫。"

冀小北半醒不醒的，不信陈琢说的："就是狗，它有毛。"

陈琢觉得他这论断毫无根据："又不是只有狗长毛。"

冀小北这时候又聪明了，反将一军："你说得对，你也长。"

002

天越来越热了，冀小北觉得"汗如雨下"已经无法描述自己的状态了，于是造了个新词。

晚上冀小北和陈琢妈妈视频："我今天去接陈琢下班，太热了，我站在楼下汗如瀑布下，哗哗的！"

陈妈妈可心疼了："你去接他干吗呀！没必要，真没必要！乖，小北在家吹着空调就行，别受那个罪啊！”

陈琢在一旁重重地叹了口气：“您儿子也热啊，怎么不关心关心您儿子？”

然后第二天他们去超市买牛奶，冀小北又说：“好热啊，我都汗如黄果树瀑布下了，哗哗的！”

陈琢快笑死了：“你这瀑布还能升级啊？”

散步回来，冀小北就急着要去浴室里洗澡。陈琢看了看他汗津津的额头：“怎么这么爱出汗呢？又哗哗的？”

冀小北气喘吁吁地说：“唉，我现在是汗如尼亚加拉瀑布、维多利亚瀑布、伊瓜苏大瀑布下，哗哗的！”

陈琢被他逗笑了：“哦，越来越有文化了！这瀑布都已经流到外国了？”

003

冀小北去超市买了防脱发洗发水，陈琢觉得他在暗示什么，心里十分不平，于是抓着他的手，让他摸自己的头发：“你看我头发可茂密了，你这是在羞辱我！”

冀小北懒得搭理他：“起开！又不是给你用的！”

陈琢伸手过去摸摸冀小北的头发：“那是给谁用？你自己用？我看你头发也挺茂密的啊，用不着吧。”

一个礼拜后的一个夜晚，冀小北在浴室里，陈琢进去拿吹风机——他对天发誓，自己真不是故意偷看的。

他看见冀小北挤了点霸王洗发水，弯下腰，均匀地抹在小腿上，用力搓搓搓，好一会儿才用水冲掉。

用洗发水洗腿，这是什么神奇操作？！陈琢蒙了，拿了吹风机出去，打开了搜索框：防脱发洗发水可以洗身体吗？用洗发水洗身体会怎么样？为什么要用洗发水洗身体？

冀小北洗完澡，擦干身上的水，摸了摸光溜溜的小腿，非常生气：为什么用了一个礼拜，腿毛还没长出来？！

004

夏天的夜晚，陈琢和陈爸爸去河边夜钓，冀小北非要跟着去，就把他带上了。

到了河边，陈琢分给冀小北一个小马扎："坐好，不准乱动，小心掉河里去。"

冀小北哦了一声，伸出手："给我鱼竿！"

陈琢帮他穿好鱼饵："手抓在这里，我帮你甩出去。"

三个人排排坐钓鱼，冀小北隔三十秒就要问陈琢一遍："有鱼了吗？"

陈琢压低声音："嘘！你一说话，鱼就都跑啦，我帮你看着浮标呢。"

冀小北又哦了一声，不说话了。好多蚊子围着他嗡嗡地乱飞，他还是身心坚强地端坐在小马扎上，一动不动。陈琢已经钓了两条鱼了，他快急死了。终于，他的浮标好像动了一下，鱼竿变得好重！他哼哧哼哧地把东西拉上来，陈琢过来帮忙，手电筒照着一看，冀小北的鱼钩上正钩着一个塑料袋，里面装着半兜子水……

冀小北超兴奋："是什么鱼啊？大不大？"

陈琢开始编："鲫鱼。"

冀小北伸出手："给我摸摸！"

陈琢从自己的桶里捞出来一条鲫鱼。冀小北两只手去抓，那鱼滑溜溜的，咻的一下从他的两个手心里飞了出去，掉在河边，扑腾两下就扑通一声掉下水了。两个人都愣住了。

冀小北不可置信地吐出四个字："它跑了？！"

于是冀小北忙活了一晚上，被蚊子咬了一身包，一条鱼也没钓到。

冀小北恨得牙痒痒："我觉得你就是想让我来吸引蚊子。"

陈琢笑他："你在外面钓鱼也是被咬，在家陪妈看电视也是被咬，有差别吗？"

005

夜钓完回去，陈妈妈把陈琢狠狠地训了一顿，因为陈琢把冀小北拐走了，没人陪她看电视。陈妈妈把冀小北领到客厅，让他坐在沙发上，给他抹花露水。

陈妈妈关切地问道："今天玩得开不开心啊？"

冀小北撇了撇嘴："不开心，一条鱼都没钓到，我都快被蚊子吃掉啦！"

陈妈妈看着他惨不忍睹的小腿："我就知道，到处是包，都被咬成赤豆棒冰了。明天还去不去了？"

冀小北扑上去搂住陈妈妈的脖子："再也不去了，我以后都留在家里，陪您看电视。"

陈妈妈被哄得眉开眼笑，第二天去超市买菜的时候，特意去生活用品区买了一大瓶宝宝金水。

陈琢被委以重任的时候严词拒绝："妈，'宝宝'什么的，他肯定不肯用这个的。"

陈妈妈一巴掌拍在他背上："你就不要让他知道啊！"

于是，晚上，陈琢去帮冀小北放洗澡水。本来冀小北就觉得挺奇怪——为什么今天不洗淋浴，要在浴缸里洗，一进去他就闻到了一股陌生的味道。

冀小北好奇地问："水里加了什么啊？"

陈琢想起妈妈的嘱托，急中生智，想了个跟宝宝金水相差甚远的品牌名字："这是……威猛先生。"

冀小北给了他一拳："威猛先生是洁厕的好吗！你有毛病啊！"

006

最近冀小北和陈琢两个人在追一部带点恐怖元素的悬疑剧。当然，更准确地说，应该是冀小北逼迫陈琢陪他看的，陈琢心不甘情不愿地担任解说。

晚上两个人一起看完更新的剧集，直接躺下睡了。到了半夜一点，冀小北过去用手指戳了戳陈琢的腰。

陈琢迷迷糊糊的："干吗？"

冀小北小声说："要尿尿……"

陈琢没懂他的意思，冀小北只好有话直说："你陪我去！"

——好吧，原来是怕了。

一般人看完恐怖片，都会怕黑，可是冀小北不怕。一路上，他也不开灯，拖着陈琢从卧室跑到了卫生间。其实他憋了好一会儿，本来没想叫醒陈琢的。

冀小北释放完了，换陈琢。冀小北只想赶紧回到温暖的被窝里。

"不等你了，我要回去睡觉了。"

陈琢怒吼："冀小北？！"

冀小北在黑暗里飞快地溜走了……

007

快到中秋节了，陈琢带冀小北去超市买月饼。

陈琢一种一种地念给冀小北听，冀小北听到有蛋黄的就说要，于是购物车里堆满了莲蓉蛋黄月饼、豆沙蛋黄月饼、蛋黄流心月饼、火腿蛋黄月饼……

冀小北以前就喜欢吃蛋黄月饼，后来一个人就很少过节了，虽然小姑也会给他送月饼，但是他已经很久很久没有好好过中秋节了。

中秋节前一个礼拜，冀小北就开始吃月饼，他不吃月饼皮，只吃月饼馅，准确地说是只吃馅里的蛋黄。两个人坐在一起吃月饼，陈琢把月饼掰成两半，把蛋黄拿出来给冀小北，自己把月饼皮吃掉。

冀小北吃完一个就张着嘴等下一个，陈琢啃饼皮啃到撑："贝贝，我能不能给你剥两个咸鸭蛋？"

冀小北严词拒绝："不要，不一样的，我不要吃蛋黄味蛋黄！我要吃豆沙味蛋黄、莲蓉味蛋黄、火腿味蛋黄。"

陈琢拍了拍鼓起来的肚子："可是我吃不下了怎么办？"

冀小北一脸疑惑地摇了摇头："唉，小陈你太不行了，我对你太失望了。"

008

晚上散步的时候，碰见楼下徐阿姨，徐阿姨送冀小北一个石榴，特别大，要两只手才能包住。回去以后，陈琢把石榴切成四瓣，让冀小北剥了吃，自己去厨房洗碗。

冀小北拿了个小玻璃碗过来，把石榴籽从壳里抠出来。第一颗放玻璃碗里，第二颗塞嘴里，第三颗放玻璃碗里，第四颗放嘴里……玻璃碗里的是给陈琢的。他剥得慢，好一会儿石榴籽才铺满碗底，而陈琢已经洗好碗出来了。

陈琢问他："石榴甜不甜啊？"

冀小北把一粒石榴籽放进碗里："你尝一下不就知道了。"

"哦，那我尝一下。"陈琢抿了抿嘴唇，"好像不甜啊。"

冀小北不服，感觉自己剥石榴所付出的心血都白费了，抓了几颗塞进嘴里，嘟嘟囔囔："明明很甜的！"

009

冀小北一个人在家待着无聊，就会给陈琢发消息："你什么时候回来？"

陈琢每次都回他："很快，下班就回来了。"

冀小北觉得这种对话非常不具有可持续发展性，每次一来一回就结束了。

于是有天下午，陈琢收到冀小北的信息："外面好像下雨了！"

陈琢看了一眼窗外，不仅没下雨，还烈日当空，他还没来得及回消息，冀小北又发了一条过来："你有没有带伞呀？"

陈琢回冀小北："没带，办公室放的那把伞上次带回去，忘了带来了。"

冀小北秒回："那我一会儿接你下班吧。"

陈琢反应过来，知道刚刚自己被带偏了："贝贝，没下雨啊。"

唉，陈琢怎么这么笨。冀小北又发一条："啊，是我听错了，是楼上的人在浇花，我还以为是下雨的声音呢。"

陈琢被领导喊去开了个小会，回来以后，看见手机上弹出来冀小北发来的消息，语气可怜巴巴的："那不下雨了，我还能去接你下班吗？"

010

冀小北睡觉的时候把热水袋抱在胸口，第二天一醒就开始咳嗽。

陈琢又是出去买枇杷膏，又是给他炖雪梨，又是督促他多喝热水，前前后后地忙了四天，冀小北总算是不咳了。结果好了还没到二十四小时，陈琢下班回去，没找着人，推开卧室门，发现冀小北躲在里面咳嗽。

陈琢忙去给他倒了杯水："怎么又咳了？坦白从宽，抗拒从严。"

冀小北一脸心虚："没有咳，刚刚被口水呛到了。"

陈琢在屋里巡视了一圈，检查了一下放零食的小筐，发现最上面的一大包泡椒凤爪不见了……

陈琢把冀小北叫过来训话："咳嗽刚好，就吃辣的！还不承认，你说你是不是欠打？"

冀小北假装听不懂："吃什么辣？我没吃辣！"

陈琢反问："那泡椒凤爪是谁吃的？"

冀小北惊到了："可是……我明明特意把吃完的包装袋扔到楼下垃圾桶里去了！你是怎么发现的啊？"

陈琢又好气又好笑："哦，原来你是知法犯法？那你自己说吧，怎么办？"

冀小北可怜巴巴的："我会尽量咳得很小声……喀喀，我保证不会吵到你，喀喀喀。"

这话一说出来，陈琢还能说什么呢？

"别的不会，就会卖惨，这是真咳，还是假咳啊？"

冀小北继续说瞎话："没有咳，我这是被口水呛到了。"

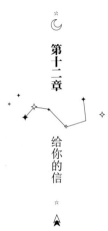

第十二章

给你的信

001

放假的时候，两个人一起回陈琢老家小住，路上因为一点鸡毛蒜皮的小事吵了一架。

第二天陈琢醒的时候，冀小北已经不在家了，一问，说是跟着陈爸爸去超市买菜了，下午又跟着陈爸爸去小区门口打麻将。

作为一个"大麻将省"的青年才俊，冀小北协助陈爸爸大杀四方。陈爸爸赢了三十六块钱，两个人去门口的水果店买了个大西瓜后，风风光光地回家，一切开，里面烂了吧唧的，被陈妈妈抓住一顿训。

晚上洗完澡，冀小北发现忘带衣服进来了。这要是在家里就没什么关系，可现在是在陈琢的父母家。他只好把浴室的门打开一条缝，压着嗓子叫："陈琢，陈琢！"

陈琢没听见，陈妈妈听见了，问他："怎么了？"

冀小北又燥得想离家出走："没事，没事！"

这会儿陈琢听见过来了："哦，没事？没事那我走了。"

冀小北把鼻子和嘴挤在门缝里："有事，有事！我没拿内裤！"

陈琢回屋去给冀小北拿了衣服，然后送过去。他通过门缝看见冀小北戴着陈妈妈的粉红浴帽，围了块五彩斑斓的花浴巾。

陈琢憋笑憋得肚子疼："怎么，终于愿意和我说话了啊？"

冀小北想去抓陈琢手里的衣服："你知道什么叫能屈能伸吗？"

陈琢举高了手不给他："哦，你准备怎么'屈'啊？"

陈妈妈之前听冀小北叫人，心里就一直记挂着，听里面一直没动静，就放下手里的事情过来看看，结果一来就看见他俩站在浴室门口，你一言我一语的，好像在抢一件衣服。

要不是冀小北还裹着浴巾，她真想过去捶她儿子两下，现在只好站在三米开外吼：“陈琢，你不准欺负小北！”

002

冀小北在家待了好几个月，一直没出去剪头发，刘海都戳到眼睛里了。吃个饭的工夫，陈琢看到冀小北揉了三次眼睛。

他一伸手握住冀小北的手腕：“别揉了，该剪头发了。”

冀小北甩了甩一头乱毛：“现在有疫情，又不能出去剪。”

陈琢伸出三个指头，把冀小北乱动的脑袋固定住：“我给你剪啊。”

当晚，陈琢先把自己的脑袋当作试验田练手，对着浴室的镜子剪了一个多小时，自我感觉良好，甚至觉得以后可以“自食其力”，这辈子都不用去理发店了。

第二天，陈琢准备了一件雨披，一把做手工的剪刀。

冀小北坐在椅子上，穿好雨披，把拉链拉到下巴，两只手抓住两根帽线，用力一抽，打了个蝴蝶结，一脸的视死如归。

他再三警告陈琢：“你不要剪到我的肉！”

陈琢咔嚓咔嚓地挥了挥剪刀：“剪掉一点也没事啦，反正都是这几天新长出来的肉。预备，我要开始剪了哦！”

陈琢刚准备下第一刀，结果一根头发都还没断呢，冀小北先号上了。陈琢被他吓一跳，手上一抖，咔嚓一刀就下去了。

紧接着两个人吵了将近二十分钟，几句话在那儿车轱辘似的翻来覆去："你干吗乱动！""你要剪到我的肉了！""我还没剪，你就动了！""就是因为你的剪刀碰到我，我才动的！"

冀小北不信任新手发型师的技术，脱下雨披，愤然离场。

可以预见，在接下来很长一段时间里，他都只能顶着有豁口的刘海过日子了。

003

众所周知，一个人的手是胖是瘦和这个人是胖是瘦没有很大关系。冀小北最瘦的时候手指也是胖乎乎的，手掌不大，手指也不长，跟小孩的手一样。又因为他骨架小，摸上去全是软肉。

小时候，冀妈妈抓着他的手说是旺仔小馒头、五个萝卜丁、肉丸子。现在陈琢抓着他的手，一会儿说是狗爪爪，一会儿说是猫爪爪，一会儿说是熊爪爪，一会儿说是无骨凤爪……然后就被"无骨凤爪"给了一巴掌。

冀小北人生中的耻辱时刻：一是小时候有段时间去少年宫学钢琴，一起上课的其他小朋友手指都能跨八度，就他不能。冀妈妈捏着他白胖的小手说："我们北北的手怎么比女孩子还小呀。"二是现在，陈琢和他手掌对着手掌比大小，然后一边笑一边说："贝贝的手太小啦，比我的手整整短了一个指节呢。"

004

万圣节那天，他俩待在家里没出去玩。中午吃水果的时候，冀小北捏着两粒石榴籽放在虎牙的位置："陈琢，看！吸血鬼！"

下午冀小北把羽绒服上面的烟灰色毛领拆下来围在脑门上："陈琢，看！狼人！"

晚上，陈琢洗完澡，一转头就看见门边上露出来的一小片毛绒睡衣的衣角，鬼鬼祟祟，形迹可疑。料到冀小北躲在门背后，等着吓他，走出去的时候，陈琢故意把脚步声落得很重。

于是冀小北一声怒吼，张牙舞爪地从门后面蹦跶到他面前，陈琢特配合地做出被吓到的样子，问他："这是什么鬼啊？"

冀小北想不出来，敷衍了事："就是专门吓人的一种鬼啊！"

陈琢想了想，说："我也给你表演一个鬼。"

冀小北点点头："好啊。"

陈琢做了个夸张的表情："看！可爱鬼！"

005

陈琢从写字楼里出来，一眼就看见了马路对面撑着小花伞的冀小北。其实陈琢带了伞，但是冀小北非要过来接他下班。

陈琢站在路口等红灯，眼见着冀小北隔了条马路在那儿踩水坑。第一脚他是不小心踩到的，然后发现那儿有个水坑，就一直在那儿用力踩，水花溅起老高。

等陈琢走过去，冀小北的裤管都湿透了。陈琢低头看了看，问他："鞋子是不是进水了？"

冀小北点点头，继续在水坑里蹦跶。

陈琢凶他："还踩，还踩！"

冀小北欢快地蹦回他面前："鞋子都湿了！"

没办法了，只能由陈琢背他回去。陈琢背着冀小北，冀小北撑着小花伞，两个人慢悠悠地走在雨里。

冀小北好像想起来什么，轻轻地说："我小时候就爱踩水坑，但是我妈不让我踩。有一年冬天，我在楼下踩水，把棉裤全弄湿了，回家的时候，我妈就叉着腰，像你刚刚训我一样训我。"

陈琢不自觉地放温柔了语气："等等，话说清楚，我什么时候训你了？别栽赃陷害好吧。"

冀小北噘着嘴："就是有！"

陈琢守护自己的清白："就是没有！"

冀小北哼道："明明有！"

过了好一会儿，冀小北吸了吸鼻子："陈琢，我有点想妈妈了。"

006

陈琢曾经给冀小北"写"过一封信。

他买了盲文纸、盲文板和盲文笔，学了好长一段时间，终于戳好了一封完整的信。陈琢特意去买了冀小北喜欢吃的草莓蛋糕，把信封塞在蛋糕盒子里。可是一直到冀小北抓着盘子舔完最后一口奶油，他也没发现这封信。

最后陈琢只好把信从盒子里掏出来，送到冀小北手里："小浑蛋，就知道吃……"

冀小北把信从头到尾地摸了好几遍，嘿嘿傻笑。

陈琢坐在冀小北的边上，撑着下巴看他读信。

冀小北特别满足，傻笑着傻笑着，说话就不过脑子了："这是我这辈子第二次有人给我写信！"

陈琢一口气差点没上来，半天才憋出一句话："第一次是什么时候啊？"

冀小北一边摸着手里的盲文纸，一边回忆："就是初中的时候，我们班里的文娱委员写给我的！用粉红色的信封装着，一打开，那个信纸还香香的，也可能是圆珠笔芯的香……"

陈琢把他手里的信纸扯了回来："小小年纪就早恋！没收了！"

冀小北怕信给扯坏了，只好可怜巴巴地松手："没有，没早恋！我还没来得及回信，然后……反正后来我就没去学校了嘛。"

陈琢没料到是那个时候的事情，早知道这样，就不说这些了。

冀小北摸到陈琢的袖子，顺着摸到陈琢的手，再摸到陈琢手里的信封："能不能不没收？"

陈琢拍了拍冀小北毛茸茸的脑袋："辛苦了。"

冀小北没明白："辛苦什么？我吗？"

辛苦了，遇见我之前的你。

007

天冷了，冀小北让妹妹帮忙在网上买了两顶厚厚的羊毛盆帽。

陈琢冬天不爱穿秋衣秋裤，更别说戴围巾、帽子、手套这些。冀小北琢磨了好几天怎么哄陈琢戴帽子，结果帽子到货了，他拆开包装一试，戴不进去。

他怀疑妹妹不小心买成儿童帽了……

他把帽子放在门口的柜子上，准备明天找快递来退货。

陈琢下班回来，看见门口的帽子："买了新帽子？网上买的？哪个颜色是我的？"

冀小北从屋里出来："我好像买错了，太小啦，明天要去退。"

陈琢顺手抓起来，扣在自个儿头上："不小啊，挺好的啊！"

冀小北愣了一下，伸着手去够陈琢的脑袋，左左右右、前前后后地摸了一圈，发现确实挺合适。他不相信，把陈琢的帽子掀了，戴到自己脑袋上，还是戴不进去。

冀小北两只手捏着帽檐使劲戴："我头好大啊！"

陈琢试图安慰他："这里面的大小可以调，拿来，我给你松一松。"

冀小北已然沉浸在悲伤中："我是大头……"

陈琢隔着帽子摸摸他的大头："你不是，是帽子太小了，都是帽子的错。"

这又是大人蛮不讲理地哄孩子的方法了，比如小孩撞在柜子上，大人都爱说是柜子的错，干吗长得这么硬，把咱家宝贝都撞疼了。

008

圣诞节凄风苦雨，两个人没出去玩，看了一晚上电影。

冀小北捧着一个不锈钢盆，吃了两斤草莓，把自己吃撑了，给自己揉肚子。

陈琢问他："今年看你好像不太激动啊？不想过圣诞？"

冀小北义正词严："这不是响应咱妈的号召嘛，咱妈在微信说了，要少过洋节，多过传统节日。"

陈琢看了看床头柜上空了的不锈钢盆："我看没啥差别，洋节土节都是你骗吃骗喝的节。"

冀小北撇了撇嘴，嘀咕道："那我就是不爱过圣诞节了嘛，圣诞节你又不放假，我还是喜欢你放假的节。你工作太辛苦了！"

陈琢故作惊讶："真的假的？我以为是因为没人陪你玩呢。"

冀小北超大声地反驳："当然是真的！你错怪我了！"

009

傍晚，冀小北去甜品店买蛋糕。今天的草莓慕斯卖完了，于是他给陈琢买了一个榴梿千层。非常不巧，包装袋用完了，服务员问他要不要吃完再走，冀小北说不用，反正离家不远，他可以小心一点托着蛋糕回去。

在冀小北眼中，榴梿是全世界最难吃的水果，偏偏这蛋糕用料十分新鲜，榴梿的味道扑面而来。他为了陈琢这般忍辱负重，这份真心天地可鉴，日月可表。

他一只手握着导盲杖，另一只手托着蛋糕，慢慢、慢慢地在盲道上走，中间成功绕开了三辆停在盲道上的自行车和一块大砖头。

走到半路，后面来了一只狗，汪汪汪叫得他好想跑，可是手里拿着蛋糕，他不敢跑，只好加快脚步，哆嗦着吓出一身冷汗。

走到小区门口，爆炒米的师傅出摊了，轰的一声巨响，又把他吓得抖三抖，榴梿千层也跟着抖三抖。

上楼梯的时候差点绊了一跤，冀小北赶紧把蛋糕托稳了。

好不容易到家门口了，他把导盲杖靠墙放好，腾出一只手伸到口袋里去拿钥匙。没想到门突然从里面打开了，冀小北躲闪不及，手被门板一撞，手腕一歪，守护了一路的蛋糕啪的一声掉在了地上。

陈琢欢天喜地地从里头出来："当当当！今天公司停电了，提前下班，一会儿出去吃晚饭吗？"

冀小北人都傻了，保持着举蛋糕的姿势呆立在原地。

陈琢一低头，看见了门口的蛋糕："这是什么东西？谁掉我们家门口的？我刚刚回来时还没有啊……"

冀小北气得满脸通红："陈琢！你……你！"

陈琢一头雾水："我？我怎么了？"

冀小北哀号一声："你气死我啦！"

010

周末，两个人去下馆子，吃炭火牛蛙，点了一个紫苏味的双层牛蛙鸡锅，第一层是鸡肉，第二层是牛蛙。这家店是上个月新开的，特别好吃，好几个同事给陈琢推荐。陈琢把牛蛙的大腿肉都挑到冀小北碗里，冀小北吃着吃着就想起一件往事："小时候，就是还在上幼儿园的时候，我们老师说青蛙是专门吃害虫的，是人类的好朋友，小朋友要爱护它们，不能吃青蛙。"

陈琢点了点头："我们老师也说过。然后呢？"

冀小北撇了撇嘴，回想起被妈妈欺骗的经历："然后我妈烧了田鸡炒豆子，我不肯吃，我妈就骗我，说青蛙是青蛙，田鸡是田鸡，蛙是蛙，鸡是鸡。"

陈琢没忍住，直接笑出声。

冀小北这头还郁闷着："我一直到小学二年级还以为田鸡是一种很小的鸡，生活在田里的鸡。"

陈琢被他逗笑了，往他碗里夹了一筷子牛蛙。

"来，多吃点'鸡'肉。"

011

有天晚上，陈琢梦见自己在街头卖艺，表演胸口碎大石，被石头压醒了。

半夜，雨下得好大，闪电的光透过窗帘映进来，卧室里忽明忽暗的，紧接着是轰隆隆的雷声。

陈琢有点担心冀小北，就起床去看他。

冀小北对声音敏感，一点点响动他都会察觉，更别说是这么响的雷声。

果然，冀小北已经醒了，钻在被子里，捂住耳朵，把自己蜷成一团。

陈琢走近了，在他后脑勺上揉了两下："没事了，贝贝，外面在下大雨，是打雷的声音。"

冀小北听到他的声音，眉头一下就舒展了，翻了个身，安安心心地继续睡。陈琢还是不太放心让他自己一个人，就留在这儿陪他了。一觉睡到天亮，冀小北醒来不认账，非要说陈琢半夜偷偷地跑到他房里来。

陈琢咂了咂舌："也不知道是谁昨天听到雷声，吓得躲在被子里不肯出来！"

　　这下冀小北想起来了，但他不肯承认，一个猛男怎么能怕打雷：

"我才没有害怕！"

番外

陈琢的问答

001

——男生很会撒娇是怎样一种体验？

"谢邀"，好多人找我回答这个问题。说实话，我想了半天，怎么说呢，我一开始也觉得他喜欢撒娇的，后来发现他和谁说话都是这样软乎乎的，这只是他的说话方式，根本不是在撒娇。这就意味着，他会对楼下邻居阿姨"撒娇"，会对小区门口保安"撒娇"，会对我同事"撒娇"，会对奶茶店点单的姐姐"撒娇"……

所以这个问题，我很难回答，不如分享一个他使坏的故事吧。

上个礼拜我俩吵架了，吵架的原因是他做饭烫到手了。由于一些原因，我不想他一个人在家的时候忙活厨房里的那些事，可是他偏不听，于是我俩吵了一架。他对天发誓，说今天再理我，他就是小猪。我说行，谁先说话，谁是猪，结果到了九点钟，他先憋不住了。

我坐在沙发上看电视，他先是故意在电视机前走来走去，不让我好好看节目，后来又走到我面前，差点被茶几腿绊倒，最后站在一旁倒水，又差点烫到自己。

我吓一跳，深吸一口气，攥住他的手腕："故意的？"

他特别无辜地说："你先说话了，你是猪！"

我作势打了一下他的手："你想干吗？"

他继续装无辜："我就想倒点水暖手手。"

他老家的方言爱说叠词，他平时也老是这样讲话，比如什么螃蟹壳壳、蟹腿肉肉。但是我合理怀疑这个暖手手是他故意的。

于是我只好给他倒水暖了暖手。

002

——做过什么后来想起来会觉得很傻的事情？

看到这个问题，我想起两件小事。有一次我和贝贝去商场，中间去了一趟洗手间。我出来的时候，看见他在玩烘手机。烘手机开的时候不是会发出轰的一声巨响嘛，他就有点怕，可是又很想玩。他在那儿探手探了半天，机器一启动就吓得缩手。

因为这个场景给我留下的印象太深刻了，于是，一个礼拜后我在家里装了一台烘手机。

贝贝问我买这个干吗啊？我说，那天看你玩得很开心，就想给你装一个，天天玩。

他立马就急了："那天我是等你太无聊，随便玩玩的，家里装这个用不到的！你这个人怎么又乱花钱啊！我要告诉你妈妈！"被他说中了，后来用这个机器的次数两只手都数得过来。

他有时候不方便走路，我就会背他。我第一次背他回家的时候，他特别听话，乖乖地伏在我背上。

我问他怎么这么安静，不说话？他说他想起很小的时候，一家三口去动物园玩，他爸把他托在肩上，举得好高，别的小朋友都看不见，只有他能看见。

我说，我现在也能把你举那么高，要不要试试？他说现在举高了，我也看不到了呀。

我发现自己说错话了，我在他面前总是犯蠢。没想到他还有后半句："可是我还是想要你举一举我……"

虽然我有时候会说他傻，但好像我只要碰上他，就会变成一个说话和做事都很蠢的笨蛋。

003

——做过什么后来想起来会觉得很傻的事情？

补充：昨天有人问贝贝做过的傻事，那今天就来说说好了！

他耳朵太灵了，一听到我的脚步声就能辨认出是我。有时候约好见面，他听见我的脚步声，就会马上嗒嗒嗒地跑过来。

我每次都说你别跑，慢慢走。他不听我的。

有一次我跟他说："你跑起来，两边头发就会随着风一掀一掀的，像两只猪耳朵，有点傻。"

他气死了："你才像猪耳朵！"睡前又闷闷不乐地问我，"跑起来真的会像猪耳朵吗？"

我很欣慰，以为这次总算成功了，没想到他的解决方式是用自己的两只手压住两边的头发……第一次看到他抱着脑袋，朝我这儿一路小跑的时候，我真是……惊呆了，不知道他的小脑袋瓜儿里每天都在想啥啊？

其实为了回答这个问题，我昨天一晚上没睡好，想了一整个晚上他做过的傻事，结果想破头也就想出这么一件。

但是我觉得这不能证明他傻，只能证明我是真傻，在我眼里，他就算是小猪，也是全世界最聪明的小猪，他不可能傻！

独家番外一

人间可遇不可求

001

冀小北蹲在拉杆箱旁，而陈琢正在尽职尽责地帮他清点行李——他要离开一个月，开启一段一个人的旅行。陈琢抓着他的手，放到箱子里，叮嘱他箱子里放了哪些行李。

"你摸摸，这是箱子的左边，主要放的是衣服之类的，最下面是裤子。"陈琢让他一层一层摸过来，感受一下不同布料的触感，"上面是衣服，衬衫放在一起，T恤放在一起。你一共要出去二十八天，我给你准备了四条裤子，十件上衣，还有睡衣也在里面。"

接着是箱子的右半边。

"这半边是生活用品。有剃须刀、纸巾、牙膏、牙刷、洗发水、沐浴露、洗衣液这些，还有个迷你烧水壶，怕酒店里的不卫生，所以给你准备了。"

冀小北伸手一一摸过去，记住这些东西的包装和在箱子里的位置，他打断陈琢絮絮叨叨的叮咛，同一个问题，不死心地问了今天的第三遍："你真的不陪我去吗？"

这次无法同行，最主要的原因并不是陈琢请不到这么长的假，而是冀小北被要求独自前往。

三年前，他们在导盲犬训练基地的官方网站上申请了一只导盲犬，上个星期，导盲犬训练基地电话联系了他们：冀小北需要一个人去往训练基地，完成匹配、培训和考试等环节，整个过程为期四周，如果一切顺利，他可以领回一只导盲犬。

陈琢把箱子合起来，拉上拉链："不是说好了，结束的时候，我去接你吗？"

"好吧，唉，好吧……"冀小北弯腰摸到箱子的把手握住，"出发吧！"

陈琢开车送冀小北去机场。上车以后，冀小北接到了小姑的电话，絮絮叨叨地叮咛他一个人出远门要注意安全，还和陈琢说冀小北不在家的这段时间，可以去她那儿吃饭，免得一个人在家吃饭不方便。陈琢连声答应下来。

挂断电话，冀小北打开副驾的车窗，重重地叹了口气。

陈琢转头看了他一眼："怎么了？"

冀小北用手臂垫着下巴，伏在窗框上："我愁啊。"

陈琢大概能猜到他下面要说什么，还故意问他："愁什么呢？"

冀小北撇了撇嘴："你知道二十八天有多长吗？二十八天，四舍五入就是一个月，一年一共才十二个月，那就相当于十二分之一年那么久呢！"

车辆在城市间穿行，呼呼的风轻轻柔柔地拂过脸颊，风声灌入右耳，以及电动车的喇叭声、公交车到站时的刹车声、人行道上路人的交谈声，还有路边小店播放的夸张又响亮的音乐……这些一起组成了冀小北生活的城市背景音。左耳是车厢里的音乐，歌里在唱"我想和你／赏最美的风景／看最长的电影／听动人的旋律／是因为你／我会陪你到下个世纪／那是多么的幸运"，而播放音乐的人，是带他走遍这座城市，让他真正拥抱并拥有这座城市的人。

冀小北不是第一次一个人坐飞机，但这次旅行是带着任务的，总觉得心里沉甸甸的，轻松不起来。两人分别的时候，他一板一眼地向陈琢敬了个礼，说："保证完成任务！"意思是一定好好表现，带回一只导盲犬。

陈琢被他逗笑了，伸手过去摸了摸他的手背，这是他们特有的安慰方式。

"压力别太大啦，不要怕，就当是去旅游，一个月以后我去接你。"

上了飞机，冀小北又发语音和陈琢说了"拜拜"。关机以后，他靠着椅背睡了一觉，为即将面临的"大考"养精蓄锐。

睡着的时间总是过得很快，一醒过来，飞机已经在降落了。他开机给陈琢发了个消息报平安，工作人员领着他下飞机，取行李，一路护送他到出站口。

冀小北有点紧张，手心里湿湿的、黏黏的，全是汗，都有点握不住导盲杖了。终于，身边的人停下脚步，他也跟着停下脚步，紧接着听到一个陌生的女声："请问是冀小北先生吗？"

"我是！"冀小北转向声音传来的方向，像小学生回答问题一样举了举手。

"我是导盲犬基地负责接待的周小唯，你可以叫我小唯姐。"

两人谢过工作人员，然后往停车场走。

坐上基地的车，冀小北感受到车窗外来自陌生城市的风。这是一座美丽的海滨城市，不知道是不是心理作用，他好像能嗅到空气中带着点咸咸的海水味儿，他凑到窗边，深吸一口气，忍不住想象大海会是什么样子，他长这么大还没去过海边呢。

小唯姐给他简单介绍了一下基地的情况："这次我们一共有三位盲人朋友，另外两位已经到旅馆休息了。下午我会先带你们去我们的基地，认识一下属于你们的导盲犬。"

"有三个人？我们一起吗？"在此之前，冀小北并不清楚还有另外两位，"那……那是三个人里的第一名才能得到导盲犬吗？"

小唯姐笑了："不是哦，你们之间并不是竞争关系，我们主要是需要考量人与犬只的适配程度。"

冀小北似懂非懂地点了点头，手机响起提示音，是陈琢发来的语音消息，一连串地问他："行李取了吗？和基地的工作人员见上面了吗？现在在哪儿呢……"

陈琢关切的话语没完没了，在外人面前，冀小北顿时有点不好意思，听到一半就手忙脚乱地把语音掐断了，其实陈琢后半段话长着呢："一切顺利吧？先去住的地方吗？下午有什么安排？那里天热蚊子多，记得出门前先喷点驱蚊水。靠海的地方很晒，阳光很毒，记得用防晒霜，防止晒伤……"

冀小北压低了嗓音回了一句："行李已经拿好啦。我和基地的小唯姐在一起。现在要去住的地方，一切顺利，一会儿再跟你说！"

"是你哥哥？"小唯笑了笑，"我之前和他联系的时候，他说这是你第一次一个人到陌生的地方来，他放心不下，拜托我多多照顾你。"

冀小北愣了一下才反应过来这个"哥哥"说的就是陈琢，心里面一下子暖暖的："他太夸张了吧，我没关系，自己可以照顾好自己的。"

海风拂面，小唯姐和司机师傅都是土生土长的本地人，两个人你一句我一句，热情地介绍起这里的风土人情，还说等哪天晚上有空，就带冀小北去尝尝海鲜，从海里捕捞上来的，直接烹饪，味道很鲜美，很多地方都尝不着，一定要试试。

三个人一路说说笑笑，很快就到了旅馆。

小唯姐让冀小北先休息一会儿，半个小时后一起下去吃饭，到时候会和另外两位盲人朋友"见面"。

　　等小唯姐走了，冀小北迫不及待地给陈琢打了一个视频电话："我到酒店啦！"

　　"一直等你电话呢，感觉怎么样？"正是午休时间，陈琢刚吃过午饭。

　　"外面还挺热的，我出了一点汗，现在在房间，一会儿要一起去吃饭。"冀小北手里还抓着拉杆箱的提手没放下。

　　"饿不饿？"陈琢说，"你先把东西放下，我帮你看一下房间吧。"

　　冀小北乖乖地点了点头，切换了一下手机摄像头。这是一家快捷酒店，条件不是特别优越，好在整洁干净。

　　陈琢通过镜头仔细查看房间内的陈设，很认真地给冀小北讲解："你现在站在门口，右手边是洗手间。你进去，小心脚下，腿抬高一点进去，小心一点，因为我不知道有没有防水台，别被绊倒……左手边是洗脸池，正对着的是马桶，右手边是淋浴间。"

　　"嗯，好。"冀小北探手过去，一一确认这些东西的位置，他推开淋浴间的玻璃门，沿着墙壁摸到了水龙头，"和家里一样，往左边是热水，往右边是冷水，对吗？"

　　"是的。现在从洗手间出来吧，还是小心脚下。"陈琢仔细引导他，"房间不大，你直接往前走吧，数一下大约几步会走到头，要记住。左手边是床，右手边是电视，遥控器在桌上，桌面上还有抽纸、电蚊香、电话，你都摸一下大致位置。"

　　陈琢把房间里的陈设、布局全都介绍了一遍，冀小北默默地记在心里，完成这项任务以后，他摸着床沿坐下，微微叹了口气："陈琢，我有点紧张。"接下来要见什么人，要怎么和狗狗相处，以后又要经历什么样的考试，这些全都是未知数。

"别怕，不要有压力，我不是说了吗，就当去玩。"陈琢为了缓解他的焦虑情绪，故意转开话题，"第一次到沿海城市感觉怎么样？"

"一下飞机就觉得很清爽！吹来的风也好像有海的味道？不过应该是心理作用吧。今天来机场接我的是小唯姐，就是那个和你联系过的工作人员，她给我介绍这座城市，说了很多，我都迫不及待地想去沙滩上玩了！还想吃刚捕捞上来的海鲜！"说起这些，冀小北很兴奋，话匣子都快关不上了，最后他忍不住问，"结束的时候，你会来接我吧？没骗我吧？"

"当然了，你先去探探路，我去接你的时候你来做导游，带我去海边玩，吃海鲜。"陈琢已经计划好月底请三天假。

这时候响起敲门声，冀小北连忙答应："小唯姐叫我吃饭了，那我先挂断了？"

陈琢嗯了一声："你去忙吧，忙完再聊。"

002

很快，另外两位盲人朋友也来到了餐厅，一位和冀小北的小姑差不多大，是东北人，冀小北叫她田阿姨；另一位比陈琢大几岁，是广东人，冀小北喊他江哥。他们都叫冀小北"小冀"。

基地给他们准备了营养可口的便餐，吃完以后，小唯姐介绍了一下他们下午要进行的"人犬匹配"活动：她会根据每个人的步幅、走路速度、身高等等因素，为其选出两只导盲犬，每个人轮流牵着两条导盲犬在基地走一个来回，选出最适合自己的那只。

吃过午饭，他们来到了导盲犬基地，小唯姐在前头带路，不远处传来汪汪的叫声。冀小北浑身一凛，立即进入一级戒备状态——他怕狗。

他的动作不大，但小唯姐马上注意到了："害怕了？"

一个马上要接触导盲犬的人怕狗，这听起来好像有点丢人，而且他也害怕会因此被取消资格。

冀小北一开口差点咬到舌头："没……没有啊！"

小唯姐很温柔地笑了笑："你哥之前告诉过我，你可能会有点怕狗，没关系的，它们都很乖，是尽职尽责的工作犬。"

陈琢怎么连这个也说了呀！冀小北有点局促又有点感动，加快脚步跟上小唯姐的步伐。

他被带到一片很开阔的空地上，能听见陌生的响声由远及近，往自己这边过来。他很紧张地攥紧了手里的导盲杖，不自觉地往小唯姐那里挪了两步。今天他穿了一件白色 T 恤和一条牛仔短裤，裸露的小腿感受到一阵扑上来的风，还有什么毛茸茸的东西呼的一下扫了过来。

"啊……"冀小北低低地叫了一声，吓得不敢动，"刚刚是狗狗的尾巴吗？"

"对，是它的尾巴。"小唯姐握紧了绳子，"你怕不怕？"

冀小北紧张地吞了吞口水，鼓起勇气道："我能不能……先摸摸它？"得到允许后，冀小北蹲下身，手臂碰到一大团毛茸茸的东西，他小心翼翼地用手指尖碰了碰，试探着摸到了小狗的背，大概到他小腿那么高，毛毛的触感介于柔软和扎手之间，但很滑，手指顺着毛毛一下子就能很顺畅地从头摸到尾。

这一把摸过去，手底下的狗狗动都没动一下。

冀小北转过头问："它是不是不喜欢被我摸呀？"

以前碰见的小狗，都很喜欢迎上来蹭他——虽然他因为害怕，总是躲得远远的。

"没有不喜欢你哦！因为它准备进入工作状态了，我们进行了很多训练，为了保证主人的安全，工作中它们不能被食物吸引，也不能因为路上有人摸它们、逗它们就'离岗'。"小唯姐把导盲牵引绳交到他手里，"准备好了吗？我们开始吧，先试试第一只。"

冀小北心跳得飞快，深吸一口气，用力点了点头。他听见小唯姐发出了一声指令，小狗马上动起来了，握着的牵引绳被拽着往前，他连忙迈开脚步，跟着往前走。

他长这么大还没牵过狗，第一次牵狗狗就是这种急需默契的"搭档"形式，心里特别没有底。虽然都是手里握着个东西，但左手握着牵引绳和右手握着导盲杖的感觉完全不同。

小狗的力气很大，冀小北能明显感觉到那股拉着他往前的力量，以前是靠脚下感受盲道来分辨方向，现在只能靠这股力。要毫不犹豫地信任这股力量，并且跟随这股力量其实很难。他心跳越来越快，脚步也开始有点乱，左手紧紧攥着小狗的牵引绳，紧到都有点发痛了，指甲掐进手心里。

"太紧张了，放松一点。"耳边传来小唯姐的声音。

"哦，哦，好的。"冀小北定了定神，想自己要怎么信任这个小家伙呢。他努力回想自己和陈琢在一起的时候是什么样的。

他通常是右手握着导盲杖，而陈琢会很自然地牵住他的左手。每当这时，比起脚下感受到的盲道的凹凸，他好像更依赖牵着他带他往前的那只手。他无条件地信任陈琢，毫不畏惧地往前走，到了要转弯的地方，陈琢会捏一捏他的手心说前面要左转或右转，到了有台阶的地方，陈琢会提醒他要抬腿，小心不要绊倒。

要不试着把带领着他的力量当作陈琢？他努力放下对未知的恐惧，信任引着他往前的那股力，手也握得更紧了。小唯姐说过这是一片广场，应该地势平坦，不需要下行、上行和拐弯，他需要做的，就是大胆地往前走……一切好像变得顺利多了，冀小北不再跟跟跄跄，而是开始有规律、有节奏地迈动两条腿，渐渐跟上了这个"领路人"的步伐，不快也不慢，两者的配合可以说是默契十足。

直到小唯姐喊停，冀小北还有点意犹未尽，松开牵引绳以后，手指关节都因为刚刚太用力而有些僵硬。

"放松，放松。"小唯姐看他甩着手的样子被逗笑了，"准备好了的话，我们就要换'下一位'了哦。"

第一只导盲犬被牵走的时候，那毛茸茸的大尾巴又甩过来，轻轻柔柔地扫到了冀小北的小腿。

本以为有了刚才的经验，第二次尝试会很顺利，没想到他和二号嘉宾完全"搭不上"。一开始人家走得飞快，他赶紧甩开步子追；好不容易跟上去了，人家又停下来不走了，他也只好站在原地不动；再起步的时候被猛拽了一下，他顿时又有点手忙脚乱，全然没了第一次后半程时的从容。

往与返明明是一样的路程，冀小北却觉得第二次花费的时间要比第一次长好多。也许是因为总在走走停停，他不敢完全把自己"交付"出去，动作上也总是有些犹豫，这种犹豫又反过来影响了导盲犬，因而他们做不到劲往一处使，反而有点互相拉扯。

总算听到了小唯姐说："好了，到了。"

冀小北重重地叹了口气，小声问："它……它是不是不喜欢我啊？"

小唯姐接过他手里握着的牵引绳，笑道："没有的事，每一条导盲犬都像人一样，有自己的性格，比如有的是急性子，有的是慢性子，也有自己的走路习惯，比如迈多大步，比如走快点还是慢点。我想原因可能只是你们之间不那么匹配，这很正常。"

"好吧……"冀小北蔫蔫地点了点头。

他们这组完成任务算比较快的，在起点等了一会儿，田阿姨和江哥也回来了。小唯姐说需要对刚刚的测试结果进行评估，请他们跟随工作人员到基地"参观"。半个小时后，他们回到酒店，测评结果已经出来了。

小唯姐引导他们围坐在一起："来，各自说一下和自己的第一只导盲犬还是第二只导盲犬配合得更好。"

田阿姨选了第一只，江哥选了第二只。

"第一只吧。一开始好像配合不好，但是越到后面越顺。"冀小北想了想，苦笑，"第二只……我们好像很难互相理解对方。"

小唯姐低头看了看笔记本："和我们的测评结果一样，我们也认为第一只更适合你。今天开始，你就和它结对成功了，在接下来的一个月里，你们要一起接受训练。要把它当作最信任的搭档、最亲密的朋友。"

冀小北很认真地点了点头，但他没想到这个"结对成功"的意思是——今晚就让他把他的狗狗领回屋？

到了晚上，小唯姐来到他的房间，把颈圈和牵引绳一并交给他的时候，他都不敢伸手接："啊？！今天就要开始吗？！"

小唯姐笑了笑："那你想什么时候开始？感情要尽早培养啊。"

"可是……可是我还没准备好啊！"冀小北一紧张就开始手心冒汗，他在袖子上擦了擦潮乎乎的手心。

"还是怕它？"小唯姐问，"它今天可要跟着你过夜呢，江哥和田阿姨都把他们的狗狗领回去了，你忍心看着它'无家可归'吗？"

"我没这么想，就是，就是还没准备好……那我、我试试看吧。"冀小北哆哆嗦嗦地接过绳子，一只手还不够，得两只手一起握上去，很郑重地握紧了，"它叫什么名字？"

"崽崽，名字是崽崽。"小唯姐蹲下来摸了摸崽崽的脑袋，"是只白色的拉布拉多弟弟，马上一岁半了。"小唯姐对崽崽的经历娓娓道来，和其他导盲犬一样，崽崽一周岁之前是在志愿者寄养家庭度过的，它们会在那里学习如何与人类相处，熟悉城市的环境，比如房屋、街道、电梯、马路等等。

冀小北听小唯姐说着，忍不住想象着一个白色小团子在地板上一拱一拱，慢慢长成中团子，又变成大团子的过程……

"那一周岁以后呢？"

"一周岁以后就回基地接受真正的训练了啊。"小唯姐很耐心地向他解释。

"啊？那它不就离开原来那个'家'了？寄养家庭的人，也就是它原先的主人还会来看它吗？能来基地陪它玩吗？"冀小北撇了撇嘴。

小唯姐没有正面回答这个问题："回基地以后，它们有它们必须承担的使命，就像人类长大了要工作一样，对吧？一直待在寄养家庭，它们永远也成为不了光荣的导盲犬。"

003

两个人聊完天，小唯姐道别，冀小北和她说了晚安，不太大的房间里只剩下他和崽崽。冀小北握着牵引绳不敢撒手，微微垂下头，他能想象出现在他和这只狗狗正是大眼"瞪"小眼的状态。

"你好？"冀小北试着和这位新朋友、新搭档说话，不知道它听不听得懂，"你叫崽崽？"

小狗听到他叫自己的名字，眼睛一亮，甩着尾巴往前走了几步。

冀小北刚回屋，连空调都还没开，房间里安静得只剩下他的呼吸声、小狗的脚步声和呼哧呼哧地喘气的声音。他感觉到那个喘气声越来越近，已经到他脚边上了。他忐忑地吞了吞口水，声音也有点抖："崽崽，我今天可能还会有点怕你，但明天我就不怕了！"

他靠着门板蹲下来，伸手过去摸崽崽，一开始只敢用指尖虚虚地碰一下，试探了好几次以后才把整个手掌贴到小狗脑袋上揉了揉："我很胆小，你别吓我……"

话音刚落，忽然有个热乎乎的东西贴到了他手心上，前后一滚，他手心里就全湿了。冀小北吓得惊叫一声，一屁股坐在地上，愣了好几秒才反应过来是小狗的舌头。

"你怎么随便舔人啊！"

回答他的只有呼哧呼哧地喘气的声音，紧接着是毛茸茸的一大团挤进他怀里。下午测评的时候，他就感受到这种体格的狗力气很大，但直面冲击又是另一回事儿了。崽崽大概是想和他亲近亲近，直接把他顶到门板上，闷头就拱。冀小北整个人被它扑着，直接站不起来了："哎，哎，你不可以这样，我还在怕你呢……"

就在他屈居狗下，毫无反抗之力时，手机响了。

一定是陈琢！冀小北赶紧从裤子口袋里掏出手机，一边挣扎着想站起来，一边弱弱地"喂"了一声。

陈琢马上听出他的声音不太对劲："你忙什么呢？"

冀小北重重地叹了口气："孤男寡狗共处一室中。"

陈琢愣了一下，他也没料到进度这么快："真的假的？第一天就给你领回家了？"

"当然是真的，不信给你看。"冀小北翻转手机，对准传说中的"寡狗"，"没骗你吧。"

"你俩坐大门口玩什么呢？"陈琢一眼就看出他脸上的局促，还故意逗他，"还离得这么近，你不怕它？"

冀小北拍拍屁股站起来："你还好意思说，谁让你和小唯姐说我怕狗，我不要面子的吗？"很可惜话还没说完呢，下一秒崽崽向前逼近一步，他又摇摇晃晃地坐了回去。

陈琢笑得不行："你不要面子吗？"

冀小北"怒视"着屏幕："有什么好笑的，这是意外好吗？我下午都牵着它上过街了，我才不怕它！"

陈琢在冀小北真正生气之前见好就收，绕过"怕狗"这个话题："好了，知道了，你最厉害。它叫什么名字？"

"崽崽，它叫崽崽。是不是很像小朋友的名字？"冀小北觉得这个名字特别可爱。

"是挺像的，和贝贝一样，都是小孩名字。"陈琢仍然不忘调侃冀小北，他对着镜头叫了一声，"崽崽？"

小狗听见有人叫它，循着声音凑到了手机镜头前。

陈琢那边很快看到白色拉布拉多的脸占满了屏幕。

他开玩笑说："崽崽，叫爸爸！"

"什么爸爸？它爸爸是我。"冀小北眼睛骨碌一转，指了指手机屏幕，"崽崽，叫他哥哥！"

陈琢过了几秒钟才反应过来："冀小北你胆子肥了，居然敢偷偷占我便宜？"

"那你顺着网线过来打我呀。"冀小北站起来，慢慢蹭到床边，脚跟贴到床脚，小心地坐下。

陈琢咂咂嘴："看起来一个人过得挺滋润的啊，下午都干什么了？"

冀小北想了想，把下午测评的事情添油加醋、绘声绘色地说了一遍，包括他如何毫不惧怕地接受了任务，如何英勇地牵住牵引绳，如何牵着狗狗昂首阔步地向前走，如何两相权衡，选出了更适合自己的那只……

"我就想象着是你在牵着我，那样就一点也不怕了！它把我带去哪里，我就跟着去哪里。"冀小北实事求是，这话说得非常坦荡。

陈琢听着倒是十分受用，心里头一阵感动，但又忍不住想逗一逗他："哎呀，我已经能想象到你把崽崽带回来以后我的地位了，意思就是不需要我了，是吧。"

"我又不是那个意思！"冀小北撇了撇嘴，他坐在床上的时候，崽崽就在他脚边打转，一身软毛在他小腿上蹭过来蹭过去，把他弄得痒得不行。他僵着不敢动，焦虑得一直在舔嘴唇。

"你摸摸它嘛，它想你摸它呢。"陈琢对他的这些小习惯了如指掌，一眼识破他在紧张，于是鼓励道，"就当是帮我摸摸它。"

"那好吧。"冀小北一点一点地把手伸过去，摸了摸崽崽的脑袋，

"小唯姐说它马上一岁半了。"紧接着又絮絮叨叨地说了很多关于寄养家庭的事。

从陈琢认识冀小北开始，冀小北好像就是这么个小话痨，直到有一次和小姑聊天，小姑口中的小北经常沉默，不爱表达，很少主动说话，陈琢才后知后觉——冀小北好像只对他一个人"话痨"。

陈琢还故意找冀小北去问："你是不是就对着我话特别多。"

冀小北实话实说："那不是刚开始为了多和你聊天吗？没话找话，也要和你聊，我每天都是提前想好话题的，就为了打求助电话给你……"

陈琢听着这话，心里特别得意，根本控制不住地嘴角上扬。

冀小北说着说着又不好意思了，忙给自己找补，差点咬到舌头。

"你别误会，也不是就想和你说话，主要是我那时候也没别的人可以说话好吗？喂，你笑得也太大声了，别笑了！有这么好笑吗……"他扑上去，手扒着陈琢的脸，去捂他的嘴，陈琢左躲右闪，两个人在沙发上扭成一团。

陈琢很耐心地听他说完，才说道："导盲犬接受训练前会先到寄养家庭，这个我知道，之前我在电影院也做过《导盲犬小 Q》的解说，那时候你还没来。"

"我也想看。"冀小北点了点头，"今天就看吧！"

"那现在我们先分头去洗澡，半个小时以后再上线会合。"陈琢笑了笑，"比比谁洗得快吧。"

"你好幼稚……"冀小北做了个"瞪"他的表情，"那去洗澡吧，快一点哦。"

"你小心一点，要我开着视频帮你看着不？"想到冀小北一个人在陌生环境，陈琢不免有些担心。

"没事，快去洗澡吧！半个小时以后床上见！"冀小北干净利落地挂断了视频通话。

冀小北站起来，走到靠墙的地方，摸到了行李箱的提手，慢慢把箱子放平，找到拉链头，打开箱子，一边根据手感摸索着，一边自言自语："左边，左边是衣服，这里是衬衫和 T 恤，下面是裤子，我要拿内衣和睡衣。然后要拿洗漱用品，洗发水、沐浴露……"

崽崽很好奇地跟过来，整个身子贴着冀小北，伸长了脖子往行李箱里看。冀小北没和小动物相处过，但想来现在他们也算是室友了，洗澡什么的总得打个招呼，他转过身，一本正经地对崽崽说："现在我要去洗澡了哦。"

崽崽叫了一声，一路紧赶慢赶地跟着他。他在洗手间门口转过身："停！停！你不能进去了！"

崽崽仰头看着他，又小声叫了一下，好像在说："为什么我不能进去！"

冀小北不为所动，冷酷地关上了门："小孩子不能偷看大人洗澡。"

因为完全不熟悉环境，第一次洗澡费了好一番工夫，冀小北按照白天陈琢给他指示过的方位，先确认了一遍所有东西的位置，然后才脱了衣服走进淋浴间，非常迅速地洗完澡。他擦干身体，换上睡衣，翻箱倒柜地找吹风机。好不容易在左边柜子的隔层里找到了，拿出来的时候，手上一滑，吹风机掉在了地砖上。

门外忽然响起窸窸窣窣的声音，冀小北愣了一下，猜到那是崽崽在扒门，是它的爪爪划拉着门板的声音。

冀小北问它："你怎么啦？"

隔着门板，外面传来嗷呜嗷呜的叫声。

冀小北也不知道别的主人会不会像这样和自己的宠物说话，但他目前是把崽崽当室友了，于是扯着嗓子回应："你等等呀，我马上好了！"

他打开吹风机，崽崽又开始扒门，关掉吹风机，外头又安静了，如此来来回回好多遍，冀小北总算断断续续地吹干了头发，推开洗手间移门的一瞬间，崽崽就扑上来，绕着他的脚边转了两圈，委屈巴巴地"嗷呜"了一声。

冀小北想了想，终于有点明白它的意思，很惊讶地问他"室友"："哇……你刚刚是在担心我吗？"

004

第一次被小动物这么"关心"，冀小北颇有些不知所措，他蹲下来探着手摸了摸崽崽毛茸茸的大脑袋："没关系的，刚刚只是吹风机掉在地上了。你要和我们一起看电影吗？"

他坐到床上，钻进被窝里，拍了拍身边的位置："你要不要上来？"

安顿好以后，他拨通了陈琢的视频电话。

陈琢那边马上就接了："就会催我，你迟到了十二分钟三十三秒。"

"对不起嘛，第一次住这儿，不熟悉环境，明天我就快一点了。"明知道陈琢是开玩笑的，冀小北还是可怜巴巴地解释着，夸张地抿着嘴吸了吸鼻子。

"还演上了？"不用看陈琢都能想象到他现在是什么表情，边笑边催促道，"赶紧的，我已经把电影页面都打开了，等你半天了。"

冀小北放松地靠坐在床上，崽崽窝在他身边，团成了一团，把下巴搁在他的大腿上。

电影的声音和陈琢沉稳的声线一起从耳机里传出来，冀小北忍不住地想象自己躺在家里的沙发上……

他有点想家了，明明离开还不到二十四小时。

这部电影题材特殊，是围绕视障人群生活展开，陈琢看过很多遍，解说起来还算顺利。声音又一次如此具象地把他们联系在一起，从最开始在 Be Your Eyes 上的求助电话，到盲人电影院一次次的电影解说。每当这时，冀小北就觉得自己又离陈琢近了一点，他通过声音维系着和陈琢的联系，同时又是通过陈琢维系着和这个世界的联系。

时间静静流逝，一部电影终了，片尾曲响起。

陈琢抬眼看到冀小北眼睛红红的，心里一紧："哭了？"

冀小北这回是真的抽了抽鼻子，小声说："没有，就是不喜欢这个结局，有点难过。"

"嗯，我知道。"陈琢不自觉地就伸出手，碰了碰屏幕里的冀小北，"很晚了，该睡觉了，去刷牙洗脸吧。"

冀小北躺在床上放空自己，坐了一会儿才起身去洗漱。他一下床，崽崽也从床上蹦跶下来，摇着尾巴跟他到洗手间门口："汪汪！"

陈琢听见了："崽崽怎么了？"

冀小北犹豫了一下才说："陈琢，你觉得有没有可能……它是在关心我？因为我刚刚哭了？"说完他又觉得有点不好意思，怕陈琢觉得他太幼稚。

"可能啊，为什么不可能？"陈琢的回答一如既往那么温柔。

冀小北忍不住把刚刚自己不小心摔了吹风机以后崽崽一直在外头扒门的事情讲了一遍。

陈琢说："那你抱抱它嘛。"

冀小北依言蹲下来，崽崽很自然地闷头钻进他怀里。小狗浑身热乎乎的，毛茸茸的大尾巴有节奏地左甩一下、右甩一下。

洗漱完以后，冀小北回卧室爬上床，这回崽崽没有跟着上来，在床边的地板上选了个地儿，找了个舒服的姿势卧下了。

闹腾了一天，总算安静下来，冀小北揉了揉眼睛，忽然觉得有些疲惫，也有些说不出来的落寞。马上就要挂断电话一个人睡觉了，冀小北心里闷闷的，有点难受。只是一瞬间的情绪，陈琢就察觉到了，马上关切地问他："怎么了？"

"你再陪陪我好不好……"冀小北小声说。

"明天还要早起呢，贝贝。"陈琢略一思考，又说，"你睡吧，我不挂电话。"

"那你呢？"冀小北很满意他的话，钻进被窝，裹紧了被子。

陈琢笑了笑，用哄小孩的语气说话："我也睡啊，一起。比比谁先睡着。"

冀小北伸手摸了摸床下的崽崽，对它说了一声："晚安。"紧接着把手机放到枕边，闭上了眼睛。

冀小北的脑子里一会儿闪现下午在导盲犬基地，分别和两只导盲犬走路的场景，一会儿断断续续地闪现《导盲犬小Q》里的故事情节。

他想起崽崽，也想起小Q，它们离开寄养家庭时的心情是不是一样的？忽然离开朝夕相处的主人，结束了无忧无虑的日子，被带往未知世界。经历很多很严格的训练，有时候甚至需要对抗自己与生俱来的天性。它们一直在等待生命中最重要的那个人，也是它们的第二任主人。只有遇上这个人，和这个人在一起，它们受过的那些训练、吃过的那些苦、经历的那些等待才更有意义。

而这样的故事，冀小北并不是第一次听说。

他想起那个遥远的冬夜，电闪雷鸣，瓢泼大雨，那场车祸把他从原本幸福无忧的生活里一把扯出来，塞进了无尽的黑暗里。

现在回想起来，好像很难具体说出那段时间他一个人是怎么生活的，又或者是猝不及防地坠入黑暗中以后，他本来就没有"生活"这种东西了，只留下那种虚无、孤独、无助、绝望的感觉，像冬天里最冷的风一样渗进每一寸皮肤、每一根骨头，最后灌进心脏里。

可是他和崽崽、小Q又是不同的，它们经历严格的训练，就是为了等待生命中最重要的那个人的到来，但是他没有在等任何人。他是被遗忘在这个世界上的一个人，没有要前往的明天，没有要踏上的路，没有要去见的人。

可是陈琢出现在他生命里了，并且成为他克服一切困难、壮着胆子独自出门也要去见的人，成为他通往这个世界的路，成为他的今天、明天、后天、以后的每一天。想要得到一些东西，就必须拿一些同样珍贵的东西去换。于是好像在此之前的一切磨难都不是那么不可忍受了，好像被锁在黑暗里的每个难以睡去的夜晚、每个不想醒来的清晨都是为了迎来这一刻，这么多年孤独地在黑暗里乱闯乱撞，也都是为了这一刻。

他也像崽崽、小Q那样找到了属于他的"意义"。

思绪万千，冀小北翻了个身，视频电话还没挂，陈琢可能已经睡着了，听筒里传来了绵长、舒缓的呼吸声。

　　"陈琢……"冀小北小声叫了一声，"陈琢，晚安，明天见。"

　　他闭上眼睛，催自己睡觉，但心里头乱乱的，脑子也始终很清醒，到后半夜才迷迷糊糊地睡过去。许是睡前想了太多这些事，睡着以后，他做起了不着边际的梦。

　　最开始发生意外的时候，他经常做梦，那时候的梦里还是"视觉"占主导，他会"看"到很多东西，时间久了以后，连梦都变得和现实一样，无论做什么都只能依靠声音。

　　这个梦他做过很多次，梦里他要从小姑家回到自己家去。而现在再做这个梦，回家之路好像更加难了。

　　小姑家在顶楼，那时候老房子不兴装电梯，第一步就是得下楼。冀小北先伸手摸到楼梯扶手，确认一下位置，再伸出脚尖感受一下台阶的边缘，然后开始慢慢地往下走。

　　六层楼那么高，台阶也那么多，光是下楼他就走了好久。不知道为什么，梦里的他手里并没有导盲杖，走出居民楼的那一瞬间，他就失去了方向。

　　只能在黑暗里漫无目的地前进，好像撞到了迎面而来的人，好像踢到了花坛的围栏，差点绊倒，好像踩到了软的潮湿的泥土。心里越来越慌，脚步也愈发踉跄，后来也不知道怎么的，忽然又踩到盲道上了，悬在嗓子眼儿的心终于落下来一点。他踩着凹凸的砖块，仔细辨别上面的花纹，先直走，再左转，继续直走，最后右转……在呼啸而过的车流里，他很惊险地闯过了马路。

　　梦里的他隐隐知道是到自己小区门口了，原本的梦到这里应该结束了，可是这次并没有。他想这时候还不能进去，还有要去的地方。于是他又折返过来，回到了盲道上。奇怪的是，这时候不再是他跟着盲道战战兢兢地走，而是盲道随着他的心意自动铺陈到他脚下，他想去的地方自然有路、有盲道的指引。

他一刻不停地往前走啊走，最后停在了一栋建筑物前。他知道这是盲人电影院，他不辞辛苦地来这里只是为了找一个人，是谁啊，是谁呢……

冀小北是被两种感官同时唤醒的，一种是手心里湿乎乎的热意，另一种是耳边急响的手机铃声。一种是崽崽用舌头呼哧呼哧地舔他手心，一种是陈琢在尽职尽责地叫他早起。

从梦里回到现实需要一个逐渐清醒的过程，冀小北迷迷糊糊地接起电话："找到你了……"

"嗯？找我？"陈琢猜出他大概还没完全睡醒，温柔地笑道，"到底谁找谁啊？打你电话第三遍了才接，再不起床要迟到了呀，贝贝。"

"我都找你一晚上啦！"冀小北理直气壮地回他。

005

这是正式"上课"的第一天，冀小北收拾完，带着崽崽出门，在酒店的过道里遇见了田阿姨和江哥，三个人一起去餐厅吃早饭。

田阿姨的导盲犬叫桃子，是只金毛弟弟，江哥的导盲犬叫CC，是黑色的拉布拉多妹妹。三只相伴长大的小狗凑到一处，本来应该在一起玩耍的，但它们极有"职业素养"，个个恪尽职守，稳稳地守护在主人身边。

田阿姨来自东北，江哥来自广东，冀小北来自中部地区，毫不夸张地说，三个人还真是来自"天南地北"。

像他们这种情况，能认识同伴的机会很少。要不是为了见陈琢，冀小北也不会去盲人电影院，也正因为那样，他才有机会接触到很多同城的盲人朋友，否则他可能这辈子都不会认识同类人。三人本就一"见"如故，只是昨天没机会多交流，眼下得了空，马上凑一起聊起来，对彼此的生活都很好奇。

田阿姨说自己昨天晚上没睡好，蚊子太多，起来翻箱倒柜地找了好一会儿，就是没找到蚊香。冀小北脑子一转，马上接话："田阿姨，你知不知道有一款手机软件，叫作 Be Your Eyes。"

"阿姨没学过英文，是什么软件啊？"田阿姨很感兴趣。

冀小北还没来得及回答，江哥先开口了："是一个帮助盲人的软件，如果遇到困难，可以在上面拨打求助电话，会有志愿者通过视频连线的方式提供帮助。"

"小江哥你也用啊！"他这么一说，冀小北马上兴奋起来。

"嗯，不过我也是刚开始用，是我们社区志愿者推荐给我的。"江哥说，"我用过三次，一次是请这个软件上面的志愿者帮我分辨哪张是交通卡，一次是从衣柜里找一件衣服，还有一次是请他们帮忙看一下银行寄来的信件。求助电话刚拨出去，马上就接通了，志愿者们都很有耐心！"

"还有这种软件啊？还是你们年轻人厉害，我也得学学！"田阿姨一口东北普通话，性格豪爽大方，"操作难不难啊？等会儿你们两个要好好教教我哟。"

"好，包教包会！"为了陈琢，冀小北决定趁机收集一下 Be

Your Eyes 的用户体验，他清了清嗓子，问道，"小江哥，你觉得这个软件怎么样？好用吗？"

"很不错，有时候家人不在身边，遇到困难就可以到这个软件上求助，非常方便。"江哥给予了高度评价，反问冀小北，"小冀，你什么时候开始用的？"

"我从它刚上架的时候就开始用了，其实这个软件是我……"说起这事，冀小北当然很自豪，"是我一个很好很好的朋友开发的！"

"真的假的？好厉害！"江哥想了想，一拍大腿说道，"这么说来，这软件是他为你开发的？"

"啊？没有，没有……"冀小北的脸唰的一下就红了，他动作夸张地摆了摆手，"不是这样的！其实我和他是在 Be Your Eyes 上认识的。"

江哥还想再问些什么，小唯姐过来宣布早餐时间结束。来到基地后，他们今天的课程就正式开始了。

第一节课，就是给各自的导盲犬喂食。

冀小北分到了一只小盆，小唯姐说这是崽崽从小用到大的饭盆，当时崽崽从寄养家庭回到基地的时候，寄养家庭的原主人特意给它打包了行囊，里面有它的饭盆，它最爱的小零食，它睡觉的时候喜欢搂在怀里的毛绒玩具，它喜欢咬着到处跑的小皮球……冀小北伸手沿着碗口摸了一圈，圆形靠上面的位置有两个小的半圆形，应该是个熊头的造型。

他铲了两把狗粮放到小熊饭盆里，崽崽迈着长腿跨过来，马上埋下头大口吃饭，呼哧呼哧，动静特别大。冀小北伸手摸了摸它的脑袋。

结合小唯姐的描述，他忍不住脑补出了一只毛茸茸的小白狗，背上挎着古装剧里那种粗布包袱的画面，布包里塞得鼓鼓囊囊的，又是碗，又是玩具，又是球。

冀小北又想到了他自己。那时候决定和陈琢搬到一起住的时候，他也在原本的家里收拾了好几天。可是好像没有什么需要带走的，他不像崽崽，他没有任何喜欢或者留恋的东西。最后他在双肩包里随便塞了几件当季的衣物，在小区门口等着陈琢来接。

于是他脑补的内容又变了，这次是他牵着崽崽，一人一狗身上都挎着一个古装剧里的那种粗布包袱……

冀小北下定决心，要像陈琢对他一样对待崽崽，要像陈琢给他一个新家那样给崽崽一个新家！

他被自己这想法热血到了，手往下移，本想挠一挠崽崽的下巴，听说很多狗狗都喜欢被这么摸——下一秒，他就被糊了一手心的口水。

在这近一个月时间里，他们需要和自己的导盲犬成为最默契的搭档。主人们通过几十种口令与手势的配合，对导盲犬发出指示，导盲犬也要完全领会主人的意图，这样才能做出正确的指引。

第一天学的是走道，简单来说，就是走直路。

有了前一天的"经验"，冀小北本来信心满满，觉得不会太难。但他没有意识到，其实昨天有小唯姐在前面领路，牵引绳也是握在她手里的，今天不一样，今天全得靠他自己。他抓着牵引绳，心里七上八下的。只要崽崽移动起来，他就被牵着鼻子走了，脑子里一片空白，根本记不起来自己要做什么。

如此训练了一天，成果并不显著，步数倒是刷了不少。冀小北暴走一天，腿都走酸了，脚底也火辣辣地疼。晚餐时间，他心里闷闷的，吃饭也没什么胃口了，草草塞了几口饭，一回住处，就迫不及待地拨通了陈琢的电话。

陈琢今晚在小北的小姑家吃饭，本来他是不想去的，总觉得给小姑家添麻烦，可是小姑一直坚持，连打了他三个电话，最后一个直接说："做了你的饭，来不来，你自己看着办吧。"于是陈琢只好下班了就马上赶过去。

小姑家里热热闹闹的，妹妹、妹夫和小外甥也在，冀小北和他们一一打了招呼。小姑做了一桌子菜，辣子鸡丁、山药玉米排骨汤和红烧鲫鱼……

妹妹凑到陈琢的手机镜头前面，开玩笑地和冀小北说："哥，快回家吃饭咯！"

冀小北撇了撇嘴："我在外面呢，怎么回来嘛。"

妹妹故意吊他胃口："你现在飞回来呀，有辣子鸡丁呢，你吃不吃？"

冀小北晚上心情不好，就没吃几口饭，听她说完"辣子鸡丁"四个字，好像已经闻着了味道，顿时馋得不行，偏偏又吃不到，心里面可难受了，表面上还要继续嘴硬："你是不是故意的！没用的，我才不会被馋到呢，我刚吃完晚饭，一点也不饿好吗！"

然后是小姑接过了手机："北北，去那里两天了，感觉怎么样？一个人可以吗？我知道陈琢要上班，不能和你一起去，但是小姑没事啊，要不要小姑过去陪陪你啊？"

"不用了，小姑！这两天我在这里挺好的。其实不完全是因为陈琢要上班，这边的要求就是要我们一个人过来接受训练的，这是导盲犬基地的规定啦。"冀小北耐心地解释，和小姑说明情况。

"那我偷偷去不行吗？"小姑也不知道是认真的还是开玩笑的。

"真的不用啊，小姑，我一个人可以搞定。"冀小北拍了拍胸脯，以示决心。

"你已经吃过了？"小姑刚刚听到了他和妹妹的对话，知道他吃过了，还是要好好关心一下，"吃了哪些菜？那里食宿安排得怎么样啊？不会没吃饱吧？"

"挺好的，安排的住处是一家快捷酒店，吃饭也在这里。晚饭吃了……吃了……"冀小北努力回想，明明刚吃完还不到半小时，愣是想不起来，"吃了糖醋小排，虾仁豆腐，辣子鸡丁……"

"你也吃了辣子鸡丁？这么巧？"小姑听完一愣。

冀小北这是脑子不清楚，直接把想吃的菜名报出来了，他不想让小姑看出自己失落的情绪，赶紧主动转移话题，"好啦，小姑你快去吃饭吧，让陈琢接一下电话。"

"喂？"陈琢接过手机。

"你在哪儿啊？"冀小北可以清楚地听到他那里的背景音从嘈杂渐渐变得安静。

"我到阳台上了，就我一个人，贝贝你是不是有话要和我说啊？"陈琢总是能通过一句话就感受到他的情绪。

"唉，出师不利，就挺'丧'的。"冀小北重重地叹了口气，"你别跟他们说啊，特别是小姑，一会儿她又该瞎操心了。"

"我知道，放心。"陈琢特别想给他一个安慰的拥抱，"怎么了？可以和我说吗？"

"唉，今天练走道，就是走直路嘛，很简单的，但是不知道为什么，我就是走不好。"说起烦心事，冀小北声音都变小了，"我就有点焦虑。"

"其他人呢？"陈琢问。

冀小北想了想："其他人……我也不知道，吃饭的时候光顾着难受，都忘了问他们顺不顺利了。"

"你别急啊，今天才第一天正式训练，你也在适应，崽崽也在适应，你要给你自己，也要给崽崽一个磨合期对不对？"陈琢总是能冷静地思考和分析问题，很耐心地引导他，"方便的时候，问问其他人和他们的狗狗配合得怎么样？如果都配合得不是很好，那说明大家都还在适应的过程中，你不用着急。如果有人配合得很好，那正好可以取取经，问问他们有什么诀窍。你觉得呢？"

陈琢脾气一向很好，讲这么一长串话，语气还是温和又稳重，冀小北怎么听怎么有道理。而且陈琢会在结尾说一句"你觉得呢"，完全不会给人压迫感，只会让人越听越安心、越冷静。

"嗯，嗯，我知道了。"冀小北瞬间觉得盘踞在心头的乱糟糟的负面情绪散去了大半，顺势说，"哎呀，你怎么一说我就想通了，早知道这样，吃晚饭前就该打给你了，也不至于愁得茶不思饭不想，晚饭都没吃上几口。"

"我就知道，都听到你说想吃辣子鸡丁了。"陈琢忍不住想笑，"那饿不饿，现在？"

"还好吧……"冀小北还没来得及说完，听见外面咚咚的敲门声，是江哥，问他出不出去散步，田阿姨也一起。

冀小北应下，和陈琢说："那我先出去一趟，回来再给你打电话哦！"

陈琢回道："好，要注意安全，还有记得向他们取取经，回来告诉我一声。"

"嗯，好。"冀小北很不舍地挂断了通话。

006

由于他们和导盲犬的配合才刚开始，不能带狗狗们出门，所以崽崽、桃子、CC被留在了酒店，小唯姐陪他们出行。由小唯姐领路，他们一起去不远处的海滨公园。

天色渐晚，夜风轻拂，外面总算没有白天那么热了。一下午一直在外头，虽然小唯姐尽可能选了有树荫遮蔽的地方让他练习，但日头太毒，一丝丝风都没有，他都数不清自己浑身上下湿了几遍，T恤完全湿透了，黏在身上。

眼下太阳落山了，那种燥热不安的感觉也随之消散，这座城市仿佛又以初印象呈现在他面前：用嗅觉来形容，就是海盐的淡淡咸味和柠檬似的清爽；用触觉和听觉来形容，就是扑面而来的轻柔的风和灌入耳道的旖旎风声。

这一路非常顺利，经过的路段上盲道铺设得清晰、准确，冀小北甚至觉得即便小唯姐没有一起来，只要知道大致方向，他一个人也可以正确摸到海滨公园的位置。

田阿姨更是啧啧赞叹："根据这几天的观察，我发现你们这里的盲道建设得非常不错啊。"

江哥也跟上去："是啊，我也有这种感觉。比我所在的城市好很多，建设得很好，最关键的是还能派上用场。我家门口那段路啊，虽然有盲道，但是经常有人在那儿停自行车、电动车，建了等于白建。"
这事大家都深有同感。

小唯姐说："其实也不是一开始就这么好的。最初这条路上确实
有盲道，但设计并不科学，公交站台直接建在了中间，把盲道整个截
断了。因为我们基地的工作人员都比较关心这方面的事情，而且来这
里的盲人比较多，所以我们发现这个情况以后马上向有关部门反映了，
后来就对盲道和公交站台进行了改建。而且也因为基地就在这附近，
所以市民都很注意，都是自觉地不把车停到盲道上。"

冀小北听完，觉得自己仿佛也被他人悉心关爱到了一样，心里面
顿时暖乎乎的。

越往海边走，周围越是热闹。冀小北渐渐兴奋起来，语气里是藏
不住的雀跃："我还是第一次到海边玩。"他听见海浪的声音，由远
而近，他甚至能感觉到那是一股不断往外推的力量，一遍一遍，永不
停息。

小唯姐恰好问他："听到海的声音了吗？"

"嗯，听起来就像，大海在呼吸一样……"冀小北说完才觉得这
话好像有点幼稚，急着找补，"那个，不用在意，我瞎说的。"

"怎么了？我觉得很诗意啊，这种说法好特别，也好浪漫。"小
唯姐把他们带到了广场上，引他来到长椅边，"要坐坐吗？这里是
真正的'面朝大海'哦。"

"但是一点也不'春暖花开'。'面朝大海，夏日炎炎'，哈哈！"
江哥爽朗一笑，摸着椅背坐下。

"晚上还是凉快的！勉强可以算是'面朝大海，夏夜晚风'。"
冀小北也摸索着坐下。

"那我去给你们买点吃的。"

小唯姐适时地选择退场，她接触过，也接待过很多盲人群体，她很清楚地知道，有时候他们非常渴望属于自己的空间，那些让灵魂沉浸下来的交流里，她更像一个冒失的闯入者。

在酒店的时候，江哥已经提前给田阿姨下载好了 Be Your Eyes 这个软件，正好可以趁这段时间教田阿姨怎么用。

对 Be Your Eyes，冀小北很熟悉，每次优化和更新他都会配合陈琢做好测试，解说起这些功能的目的和用法他如数家珍。

在他的耐心讲解之下，田阿姨很快就掌握了全部用法，还成功地试用了一次。要不是时机不合适，冀小北真想现在就打个电话，找陈琢邀功。

田阿姨的表情很欣慰："有了这个软件，我一个人在家，老伴也能放心了。"田阿姨是中年时因病致盲，老伴无微不至地照顾她，几乎是寸步不离。但这些年有了小外孙，女儿、女婿都得上班，带孩子的任务就落到他们头上。孩子太小，需要每时每刻的看护，老伴有时候觉得照顾不到田阿姨，心里很愧疚。特别是今年小外孙上幼儿园了，老伴早上和傍晚要接送孩子上下学，总是不放心田阿姨一个人在家。

"其实我一个人出门都没事！"田阿姨爽朗一笑，东北口音偷偷跑出来了，"我这不是都会出远门了。"

"那你很厉害哦！"江哥给她鼓掌，"我也是近几年开始尝试一个人生活的。"

相较之下，江哥的故事，多了几分沉重。

江哥是先天性失明，家里条件很不错，让他从小就上特殊学校。

二十岁出头的时候，他曾经有过一个恋人，是经常来他们学校做志愿服务的志愿者，在附近的大学里读研。因为视力方面的缺陷，江哥对声音非常敏感，五六岁时父母就送他去学声乐，后来他就在特殊教育学校里组建了一支盲人合唱队。这位女生是学校民乐团的成员，从小学琵琶。两个人因为音乐结缘，相识、相知、相恋。

"我这种情况，怎么能先开口说什么？"江哥说这话的时候，语气里听不出太多的失落，只是在说一件很久以前的故事，"所以告白也是她先说的，在一起也是她来提的。这些全要她一个女孩子主动，我现在想起来，还是觉得挺对不起她。"

江哥的父母很惊喜，从孩子出生那天起，他们就一直担忧自己走了以后，孩子要怎么一个人生活。这个忽然出现的女孩儿，说是天使也不算夸张……

"那时候她经常来我家玩，她是四川人，喜欢吃辣，我妈特意买了川菜菜谱，照着一样一样做，想让她多来家里坐坐。我知道爸妈的想法，但我并不喜欢这样，我和她在一起，又不是为了找个人照顾我，那找个保姆也一样。"江哥停顿了一下，冀小北很敏感地察觉出他呼吸变得很沉，每一下都像一句叹息，过了好一会儿，他才继续讲他的故事，"其实我，还有我爸妈都知道，这段感情不可能太长久。我们在一起七年，七年算长吗？后来我和她由于一些这样那样的原因分开了，是完全可以预料到的结局。"

七年在普通人身上也是很长的，更别说是在他们这类人身上，冀小北想。他不知道"这样""那样"的原因到底是什么，江哥大概也不会说了，也许相爱的时候每一分每一秒都在心底铭记得很深刻，但分开的理由，索性不要去记。

"也就是从那时候开始，父母为了以后的事情更加感到担忧。我妈总是在我耳边念叨，说他们年纪都越来越大了，以后不在这世上了，你一个人怎么生活之类的，说着说着就忍不住掉眼泪。我爸在一边听了也直叹气，我也不知道能说什么，安慰的话怎么说都显得干巴巴的，家里的氛围每天都很压抑。"江哥叹了口气，"所以后来其实是我主动提出来的，我说要不我一个人生活试试看吧。"

冀小北听到这里，心里也跟着一阵阵发沉，他也经历过这个阶段，和江哥唯一的不同之处可能是，江哥是自己主动选择的，而他完全是被迫的。

"就是从那个时候开始搬出来住的，准备了很长一段时间。"江哥的手指在导盲杖上无意识地握紧，"我妈不放心，不让我住得太远，最后就在小区里租了一套房给我住。我从小就一直被照顾得很好，连一壶热水都没自己烧过，刚开始独居的时候……太难了，衣食住行全是大难题，不过这也没什么好说的，再难都过来了。现在我也能一个人出远门了！"

"没有再找女朋友吗？"田阿姨关切道。

"她……我是说我的前女友，去年结婚了。听说新郎是她的研究生师兄，又高又帅，对她也挺好的。可能过几年，她会生个像她一样的女孩儿？"江哥语气温柔，甚至听不出太多的遗憾和失落，"我呢，从来没想过再遇见第二个她。我一直觉得有的感情一辈子只有那么一次，普通人尚且如此，更不用说我们这样的人了。有过一些很珍贵的回忆，这些回忆也足够我度过以后很多很多日子了。"

冀小北听到"有的感情一辈子只有那么一次"那句就不由得有些失神，他不知道那句话是不是对的，只是为了江哥感到遗憾。可是他也弄不清楚，自己是为了江哥没有和那个女生一直走到最后而遗憾，还是为了江哥没有再拥有新的恋人和新的恋情而遗憾。

分开的时候得有多难过啊！冀小北不敢想。

冀小北的故事，好像和他们的都不同，田阿姨和江哥的故事似乎都是离开家人的陪伴，习惯一个人生活，而他则恰恰相反，他是从一个人变成两个人的。要从哪里说起呢？他似乎从来没有和人说过他和陈琢的故事。

"我现在和我一个朋友一起生活，我和他认识也挺偶然的。"冀小北抿了抿嘴，忽然觉得这可能是个很长的故事。

江哥听到这个"朋友"，马上反应过来，问道："是你说过的那个开发 Be Your Eyes 软件的朋友？"

冀小北一愣，点了点头："其实我最最开始是一个人生活的，小姑一家会来照顾我，这个软件最开始也是小姑推荐给我的，说有什么困难，特别是比较着急的，等不到她过来帮我解决的，就可以在这个软件上求助。"

"那时候这个软件刚刚上架，还不是很成熟，志愿者数量也没现在那么多。我在平台上求助，总是同一个志愿者为我服务。"都是好几年以前的事情了，再回想起来，冀小北还是记得特别清楚，"当时我还不知道他是软件的开发人员来着，就觉得好有缘。"

"因为经常连线，就渐渐转变成了网友关系吧。没想到我们还是同一座城市的！他在盲人电影院做义工。对了，你们那里有盲人电影院吗？"冀小北问。

田阿姨摇了摇头，表示从没听过。而江哥说他们的城市应该是有的，好像听说过，但他没去过。

"那家盲人电影院每周都会放映一部电影，由志愿者进行解说。"冀小北紧接着简单介绍了一下盲人电影院的情况。

"可是只靠别人说，能听懂吗？"江哥有些怀疑。

"可以的！因为讲解员们会把整个画面、内在逻辑全都讲得很清楚！如果有空的话，你回去以后可以去试试，真的。"冀小北接着说他和陈琢的故事，"我那时候渐渐知道那位网友很喜欢看电影，为了和他聊天的时候有更多话题，所以我鼓起勇气，决定去盲人电影院看看。"

"我虽然一个人生活了很久，但几乎没试过一个人出门。所以其实第一次去盲人电影院，真的鼓了好久的勇气呢，哈哈。"冀小北好像还能回想起那时候的心情，"我就带着手机，跟着导航走。那时候我家边的盲道也不像这里的规整，总是有人把电动车和自行车停在路上，光是要顺着盲道走都很不容易。"

"然后就是很巧的事情啦，我这位网友居然就是盲人电影院的志愿讲解员之一，我们在线上线下都会讨论电影。不过中间有过一些误会啦，我们分开了一段时间，准确来说应该是半个冬天？再相遇的时候，是新一年的春天了，误会也顺利解除了。"冀小北顿了顿，"后来，我们就变成了很好的朋友！"

"所以你们现在一起住？"田阿姨接过他的话。

"嗯……对。"冀小北坦诚地点了点头。

"那很不容易了，和盲人一起生活，要劳心劳力的地方太多了，一般也只有家人能做得到哦。"田阿姨忍不住感叹。

冀小北同意这句话，但也忍不住给自己拉拉票："其实我也有在学着照顾他的，真的！我现在会煮海鲜干贝粥、山药排骨粥、紫薯粥、南瓜粥……"

"那你很厉害哦，我自从视力不行以后就没下过厨了，难啊！"田阿姨拍了拍他的手背，"摸摸这双巧手！"

这么一说，冀小北又不好意思了："没有，没有，我会做的很少，还得继续学。"

海风习习，故事说完，小唯姐也正好回来了，她带了三个开好的椰青分给大家品尝。冀小北以前也吃过椰子，但这么新鲜的还是第一次吃上。刚刚絮絮叨叨地讲了这么多故事，正是喉咙冒火的时候，清甜的椰子水咕咚咕咚灌下去，一下就安抚了焦躁的心情，让人瞬间神清气爽。

冀小北想，要是陈琢也在就好了。

想和他一起在海滨城市嗅一嗅带着咸味的空气，想和他一步一个脚印地走在松软的沙滩上，等着潮水一浪一浪地扑过来盖过脚背，想和他坐在海边的长椅上晃着腿，吹一吹呼呼而过的晚风，也想和他一起手捧椰青，尝一尝冰冰凉的椰子水。

不过刚刚他已经把他们的故事完完整整地告诉了海风，海风会把他们的故事吹入大海里。

007

时间有点晚了，广场上的人群也渐渐散去。四个人慢悠悠地往回走。回到酒店的时候，冀小北被前台的服务员叫住了。服务员姐姐说："这里有你的外卖！"

冀小北蒙了一下："是不是搞错啦？我没有点外卖呀。"

服务员扯过袋子上面的字条看了一眼，确认道："没错，是703的小冀先生。"

"啊，那可能不是我自己点的……"

冀小北瞬间就反应过来——应该是陈琢给他点的外卖。

"是你那个朋友？"江哥先帮他答了。

"嗯，嗯，对。"冀小北摸索着去找塑料袋的提手。

"备注上还特别写了，不知道你什么时候回来，如果方便的话，请前台帮忙保温一下，怕你回来的时候，米饭放凉了。"服务员姐姐帮他把餐盒稳稳地提在手里，"我用东西包了一下，而且才送了没多久，应该是温的。"

"嗯，嗯，好的，谢谢！"冀小北接过夜宵，闻到饭菜的香味。

"你这个朋友好贴心啊，这么细节的事情都考虑到了。"这次是江阿姨说的。

也许是和陈琢相处的时间太久，冀小北好像已经习惯了他无微不至的温柔，如今经人点醒才恍然感到这份可贵的真心，心里面一阵阵发涩、发软，好像吃下去一个半熟的小柿子。

互相道了晚安，大家各自回房。在酒店走廊里，冀小北就迫不及待地拨通了陈琢的电话："我回来啦！"

陈琢悠悠地叹了口气："还以为贝贝把我忘了呢！"

冀小北掏出房卡刷开房间门："怎么会？我还没进房间，就给你打电话了好吧？你怎么乱冤枉人！"

"外卖拿了吗？饭应该还没冷吧。因为不太确定你什么时候回来，只好先点了，怕你回来饿着肚子没东西吃。"陈琢又开始絮絮叨叨地关心他，"和他们出去玩得开心吗？问了他们今天的练习情况吗？外面是不是很热啊？你涂驱蚊水了吗？没被蚊子咬吧？"

"哎呀，你一个个问，太多了，我怎么回答？"刚进门，崽崽就迎了上来，低低地嗷呜了两声，贴着冀小北的小腿蹭来蹭去，好像在埋怨他不带自己一起出去。

冀小北蹲下来，摸索到崽崽的颈圈握在手里，牵着它往房间里走。

"好啦，我开始一个问题一个问题回答！外卖拿啦，是温的，没有冷，好香好香。玩得很开心啦，基地离海岸很近，走几步就到海滨公园啦。练习情况……练习情况完全忘了问，不好意思，就像是放学以后光想着玩一样，大家都很默契地没提白天练习的事情。我明天一定抓紧课前时间向他们请教，可以吗？走在海边的话，海风吹在脸上很凉爽，主要是太阳下山啦，白天那真是热得不要不要的。哦，汇报一下，喝了新鲜的椰子水！好清爽，好好喝啊，等你来了带你去尝尝。驱蚊水忘记涂了，本来一点感觉也没有，为什么你一说，我就忽然觉得浑身上下都痒得不行呢？"

"那你就是被咬了，笨蛋。把衣服脱了，让我看看咬到哪儿了？赶紧涂点花露水。"陈琢这话真是挑不出一丝毛病。

冀小北提着餐盒在桌子前头坐下："我饿死啦，要先吃饭。"

崽崽在他脚边坐下，蹭着他卷成一团。冀小北摸索着打开包装，一荤一素一份米饭，荤菜是他几个小时前刚刚念叨过的辣子鸡丁，素菜是清炒西蓝花，他一阵惊喜："辣子鸡丁！"

"嗯，视频的时候听出来你想吃了，搜了好几家店才搜到，不知道那边做的合不合你口味。"陈琢说，过了一会儿又接道，"估计你吃着觉得一点也不辣，哈哈。"

冀小北低下头默默地尝了一口："你没猜错……果然一点也不辣。"

冀小北埋头吃饭的时候，陈琢就絮絮叨叨地说些工作上的事情。

以前他不爱跟冀小北说公司里的事情，后来有一次他坐在电脑前面苦兮兮地加班，冀小北靠过来，凑很近，伸出食指摸了摸他的眉毛，说："陈琢你为什么皱着眉，不开心的事情可以和我说啊，我都不知道你为什么不开心。"从那天开始，陈琢每天回来后，都会说一些工作上的事情给他听，开心或者不开心，都和他分享。

冀小北听不懂也分不清他说的那些计算机术语，但每次都听得很认真，一副了然于心的样子。陈琢说完，弹了一下他的脑门："听懂了吗？就点头点得那么起劲？"

冀小北眨巴眨巴眼睛："听不懂你说的话，但是我听得懂你的语气啊！比如昨天那样就是不开心，事情进行得一点也不顺利；今天这样就是明显比昨天心情好了，事情应该在往好的方向发展了？我说得对吗？"

今天也一样，陈琢语气轻松，在说最近带的一个实习生的事情。冀小北听他说完，想起今天教田阿姨用 Be Your Eyes 的事情，忙不迭地向陈琢邀功："今天我教田阿姨用了我们的软件。"

他不说"你们"的软件，说"我们"的软件，因为他们在 Be Your Eyes 认识，一起让 Be Your Eyes 变成更完善的软件。在他的心里，Be Your Eyes 一直像一座小小的房子，装着他试探和接近陈琢的决心，还有陈琢一直以来对他的鼓励与保护，他们在很久以前就一起"住"在这间温馨的小房子里了。

说这话的时候，冀小北自豪的小表情太过明显，陈琢忍不住想隔着屏幕摸一摸他毛茸茸的发顶："那你可以让阿姨多用用，给我们提点建议。"

"好的呀，江哥也用呢！"冀小北把最后一块辣子鸡丁塞进嘴里，"好厉害哦，越来越多人在用我们的软件了，想当年我在上面想找人帮忙，还总连线到你，现在平台上的志愿者数量已经比盲人数量多好多了。"

崽崽忽然坐起来，低低地汪了两声。

陈琢开玩笑说："怎么？崽崽是不是听懂了？"

冀小北跟着笑，低下头问："你也觉得我们很厉害对不对？"

崽崽好像真的听懂了一样，又小声地呜呜叫了两声。冀小北俯下身去抚摸它，崽崽的尾巴甩得都快成螺旋桨了。他知道这意味着开心，狗狗的开心好简单哦。

接下来的日子，用四个字概括，那就是"勤学苦练"，学会了走直路后就要开始学转弯，学会了走一小段后就要开始学着走长路，学会在空旷的大道上行走后就要开始学绕开障碍物。每天都要学习新的手势和口令，冀小北学得头昏脑涨，每天还得找陈琢帮他补习。

每天吃过晚饭以后，趁热打铁，冀小北把今天新学的动作告诉陈琢，边说边演示，陈琢按条目全给他记下来，晚上再督促他好好复习。冀小北关于上学的记忆其实已经非常模糊，这么一番折腾，仿佛一夜回到学生时代，陈琢是给他一对一辅导的家教老师。

有一次他把这想法和陈琢说了，陈琢笑得不行，问他："你以前还请过家教啊？没想到啊。"

冀小北双臂环抱，挺了挺胸膛："没有哦，我那时候成绩很好的，才不用补课！不过是这个场景让我联想到了补课的场景。"

最难忘的是第一次小考前夜，陈琢将家教老师的责任一肩挑起，远程指导冀小北和恩恩从第一天的第一条口令开始从头复习一遍，到后来恩恩都渴得直喝水了，吧嗒吧嗒甩着舌头。冀小北也累得不行，一屁股坐在凳子上，一伸手把杯子扒拉过来，故意学着恩恩的样子，小狗一样伸着舌头舔水喝。

陈琢用手指敲了敲屏幕，发出嗒嗒的响声："想偷懒了？"

冀小北软着声抵赖："我没有，明明是恩恩累了，你得留时间让恩恩休息一下！"

于是在这个间隙里，陈琢问起了冀小北小时候的事情："那以前，还上学的时候，考试的前一天晚上你会复习到很晚吗？"

"不会啊，当时好像觉得考试都挺简单的。"冀小北答得很快，"说实话，我那时候很喜欢考试。"

"口气不小嘛，我还是第一次见有人说喜欢考试的，展开说说，为什么喜欢啊？"陈琢忍不住脑补冀小北初中生的样子，直接把他现在的样子等比例缩小，越想越觉得可爱非常。

"因为我成绩还不错，每次考试都能考前面几名，每次考前和妈妈约定，这次成绩不错就可以去吃一次肯德基，基本上能实现。"冀小北回想起来就想笑，"那时候我们那儿只有一家肯德基，能吃上肯德基是非常厉害的事情了，值得在同桌面前炫耀三天！如果能在肯德基那个生日宴会厅开一次派对，那真是倍儿有面了的事情，小朋友们都很想被邀请呢！"

"那明天如果贝贝在考试里得了第一名，我也请你吃肯德基怎么样？"陈琢不自觉地就用上了哄小孩的语气，"还是给你在生日宴会厅办场派对？"

"神经……我又不是初中小孩子了！"冀小北气鼓鼓地回他，但过了一会儿又隐隐有些后悔，挽回道，"如果你非要请我吃，也不是不可以！但是别叫外卖了，就等你来接我的时候，直接去店里请我吃吧！"

也不知道该说是"欲拒还迎"还是"欲迎还拒"，反正陈琢是读懂了他傲娇的话语。

于是陈琢笑了笑，回道："好，希望能快点见面吧。"

冀小北："我……我可没这么说！"

陈琢忽略了他的嘴硬，自说自话地安排好了接下来的任务："我不会因此就放松对你的要求，水喝好了吗？休息完了吗？可以接着复习了！"

比冀小北的叹气先响起的是恩恩的哀号，它就像听懂了陈琢说的话似的，磨磨蹭蹭地从地板上站起来，冲着手机的方向嗷呜嗷呜叫了好几声……

008

考试当天，陈琢更是全程送考，大清早就一个电话打过去，招呼考生起床。冀小北稀里糊涂地就被他叫醒了，刷完牙洗完脸整个人还不太清醒，然后才发现他叫早的时间比平时提前了十五分钟。

于是两个人一个为痛失珍贵的十五分钟睡眠时间而愤愤不平，另一个认为早点起床才能保证最好状态，就这样吵吵闹闹地开始了新的一天。

冀小北去餐厅的时候，田阿姨和江哥都还没来，他取完餐坐下，和陈琢的连线没有挂断，耳机里不断传来陈琢的声音。陈琢正在很耐心地给他做最后一遍复习：什么口令配合什么手势是左转右转，什么口令配合什么手势是上行下行。

陈琢说一条，他就在心里跟着默念一条，喝着热乎乎的牛奶，吃一块刚烤好的三明治。等他吃完，拍一拍手指尖上的面包屑准备走的时候，江哥和田阿姨才先后到来。

耳机里，他的专属"送考老师"又发出了新的指令："贝贝，喂恩恩吃完早饭后，带它先去考试场地练习一遍吧。"于是在接下来的半个小时里，他们又进行了一场简单的模拟考试。

完成这一切后，"送考老师"还有些依依不舍："都记住了吧？"

考生很用力地点了点头："这还记不住，我成笨蛋了！"

"那我去上班了哦。"陈琢这口气还是没放松下来，好像自己才是马上要经历大考的那个，他想了想，又多问了一句，"护身符带了吗？"

那是今年年初他们一起去寺庙求来的护身符。

今年过年，两个人没有回陈琢家过，而是选了一座江南小城，开启了一段历时五天四夜的旅行。大年初一一早，陈琢特意安排了去寺庙的行程，据说年初一烧香能讨个好彩头。

那天冀小北穿一件浅蓝色羽绒服，围着雪白的兔毛围巾，戴着雪白的绒绒护耳。羽绒服的颜色很清新、很特别，像一罐刚打开的冒着泡泡的汽水。这自然不是陈琢能说动他穿的，而是陈琢妈妈买的，冀小北不仅穿了，还直乐呵。

大年夜为了守岁挨到了十二点，春晚里激动人心的倒数过后就是新的一年。这几年，城市里禁止燃放烟花爆竹，没什么热闹的气氛。

冀小北从十一点开始就哈欠不断，听着电视里的小品声神游，听到零点当当当的钟声后一个激灵清醒了一会儿，也不说"新年快乐"，开口就是："现在能睡觉了吧？"

陈琢乐得不行，连忙小心地说道："好了，好了，快睡吧！新年快乐，贝贝！"

冀小北卷着被子睡过去，迷迷糊糊地回了一句："嗯，快乐……"

一觉睡到自然醒，冀小北揉了揉眼睛问几点了，陈琢看了眼手机说十点一刻。冀小北唰的一下掀开被子坐起来，怒道："你怎么不叫我啊！说好了要去烧头香的，这下肯定没了！"于是陈琢摸摸他乱蓬蓬的头发："没听过吗？心诚则灵。"

如此这番反而没有了时间上的压力，两个人洗漱完已经大中午，早饭和午饭并做一顿，优哉游哉地在楼下找了家饭馆，各吃了一碗阳春面。

寺庙在山里，越往山的深处走，气温越低，冀小北冻得脸上红扑扑的，连着打了两个喷嚏，可怜兮兮地吸了吸鼻子。陈琢帮他把围巾系得更紧一点，给他戴上厚厚的棉手套。上山的路没有盲道，身边的人都行色匆匆，只有他们两个在慢慢走。

一路上，陈琢把沿途的风景描述给冀小北听，越往上走，气温越低，有些雪还没化，在地上薄薄地铺了一层，也有一些落在高处的竹叶上，风一吹就细细碎碎地飘散下来，落在头上肩上。冀小北很敏感，很快就感觉到了，仰着头问陈琢："是不是下雪啦？"

陈琢说没有，他还不相信，后来弯腰在山径边的草丛里抓了一捧雪，脱下手套，捏在手里玩了一路，冻得两手通红。

临近了，便闻到香火的气息，进去后两人各自请了香。陈琢抓着冀小北的手，帮他把香点燃，鞠三个躬，一人许三个愿望。

陈琢的三个愿望是：父母身体健康，贝贝天天开心，自己工作顺利。

冀小北的三个愿望是：明年也想和陈琢一起过年，后年也想和陈琢一起过年，每一年都想和陈琢一起过年。

这个护身符就是那时候陈琢选的，和冀小北那天穿的羽绒服一样，是浅蓝色的，一面用湖蓝色和金色的线绣着"锦鲤随身"，以及两条可爱的小鱼儿，另一面绣着"好事发生"四个字。平时倒是没什么机会带出去，这次一个人远行，冀小北马上想到了这个护身符，还特别有仪式感地把它放在了随身包的夹层里。

随着考试时间的逼近，他的心跳也越来越快，不自觉地握紧了护身符，心里默念了好几遍"保佑保佑"。过了一会儿，田阿姨和江哥也过来了，考试即将开始，他们今天的考试内容是在没有教练帮助的情况下独自从起点走到基地。

关于考试顺序，冀小北不是很在乎，于是让他们先选，田阿姨提出就按年龄顺序排好了，于是冀小北最后一个，坐在广场的长椅上乖乖地候考。大概过了五分钟，他就开始后悔了，原来紧张的滋味是那么让人难受，也不知道田阿姨进行到哪里了，不知道多久会完成考试，也不知道什么时候轮到江哥，再轮到他。

夏天本来就热，今天又是个大晴天，阳光直射下来，冀小北渐渐地觉得露出的手臂和腿都被烤得火辣辣的，后背隔着一层布料也被晒得发烫。他本来就是爱出汗的体质，眼下一焦虑起来，更是汗如雨下，腿上湿湿的全是汗，都粘在椅子上了，抬腿的时候像把自己从椅子面儿上整个"撕"下来，一阵发痛。

也许是他的"不安"太过明显了，连崽崽都察觉出来了。崽崽先是绕着他的小腿转了两圈，然后在他脚边躺倒，来回滚了几圈，最后又凑近了，把下巴搁在他的膝盖上，意思就是"求摸摸"。

于是冀小北伸手从它的头顶摸到它湿漉漉的小鼻子，忍不住地想象陈琢在身边耐心安抚自己的场景，来回几次以后，他好像也跟着稍微放松了一点。他想到了这么多个夜晚，他们三个，他、陈琢和崽崽是怎么一遍一遍不厌其烦地练习，想到直到挂断电话，陈琢还在叮嘱他某一条他总是搞错的口令，他的底气慢慢足了一点。

他想，只要不犯低级错误，肯定可以考好的，不然对不起和陈琢、崽崽一起起的早、熬的夜。

大概过了半个多小时，江哥也结束了考试，轮到冀小北了。他伸出两只手用力捧着崽崽的头摸了一把，经历了这些日子，他早就不怕崽崽了，他俩现在可是共同经历了陈琢的"魔鬼训练"的好搭档、好队友。他站起来，深吸一口气："走吧，崽崽，轮到我们了！"

小唯姐是主考官，她把冀小北领到起点的地方，说："准备好就告诉我，这次是正式考试，中途我不能帮你哦。"

冀小北点了点头，他一只手握紧了牵引绳，另一只手攥紧了口袋里的护身符，用大拇指摸了摸上面的锦鲤图案，然后又弯下腰，摸了摸崽崽的下巴，意思是询问它准备好没有。做完这一切，冀小北斩钉截铁地吐出一句话："可以开始了！"

最开始是简单的走道，也就是走直路，这是从第一天开始就学习的内容，练习了这么久，可以说是毫无压力，顺利过关。紧接着转弯的路段也很完美地完成了，问题就出在对突发问题的处理上，也不知道是考试路段的设计，还是正巧当日正好有工地在此施工，地上有一座半人高的小沙堆。

这段路本身就很狭窄，沙堆的底座占据了将近四分之三的路面，很难绕开。崽崽有意识地往边上走了走，但并没有引导冀小北完全避开障碍。冀小北一脚踩下去，心头顿时警铃大作——脚下的触感明显不是简单的平地！

要是放在以前，他肯定停下来，先用导盲杖仔细查看一番周围的环境才会继续往前走。但眼下情况不同，他不是一个人，需遵循崽崽的指引。他还没来得及做出应急动作，就被崽崽一个劲地往前带着走，下一秒他整个人往前一冲，踉跄了一下，一脚踩进了沙堆里……

在这种情况下，主考官为了保证安全，马上伸出了手来扶他，但他很快稳住了身形，没有摔下去。他心脏跳得飞快，太阳穴也跟着突突跳着，崽崽察觉出不对了，停下来很困惑地呜呜叫了两声。冀小北沉声道：“没事，继续走，崽崽。”崽崽犹豫了一会儿，又开始继续往前走，但脚步明显不如之前那么坚定了，而是带着点迟疑。

很多沙子从冀小北的鞋口灌了进去，有些硌脚，但是他管不了那么多了，根本不敢停下来歇息，后面的路段他更是打起了十二分精神，没有出一点差错，也不知道用了多长时间，终于抵达了终点。

“小唯姐，我是不是走得不好？”冀小北声音闷闷地问。

小唯姐拍了拍他的肩膀：“我们会认真、客观地打分的，先去那里休息一会儿吧。”

冀小北在休息室找了个位子坐下等待成绩，忽然就很想和陈琢说说话，虽然来这里的每一天都这样，但是从来没有像现在这一刻这么强烈。

他晕晕乎乎地拨打了陈琢的电话，听筒里"嘟嘟"地响了两声过后，他忽然想起来今天早上陈琢好像要开会，于是又很匆忙地挂断了。这几年他好像很少一个人承受所谓的"情绪"，他已经习惯了把好的、不好的都和陈琢分享，而刚刚失误带来的挫败感快把他压垮了。没想到的是，几秒钟后，他的手机铃声就响了起来，是陈琢打来的。

陈琢还没来得及开口，就听见了冀小北带着哭腔的问话："你不是在开会吗？"

"看到你打过来，我就出来给你回个电话。"冀小北几乎没在他面前哭过，陈琢一下子有点慌，"怎么了？"

"我考得不好，一点都不好，还差点摔了……"冀小北吸了吸鼻子，越想越觉得心慌，"会不会这轮考试没过，明天就让我打道回府啊？"

但陈琢只注意到了其中一句，连忙问他："摔了？受伤了吗？"

"没摔，是差点摔！"冀小北只觉得胸口那里一大股委屈劲儿直往上冲，好像急着要从眼睛里涌出来，鼻子也越来越酸，不是他"想"哭，而是他控制不住。

他一面抽抽噎噎，一面和陈琢说："好了，就是这个事情……其实，也没什么，打扰你……工作了，不好意思，对不起，你……快回去开会吧。"

"贝贝，冀小北，深呼吸，听话。"陈琢其实很着急，他没见过冀小北这样大哭过，而且自己还不在冀小北身边，"你这样，我怎么能放心去开会呢？"

"没事，没事，你去……忙吧，我一会儿就好了！唉，我也不想……哭的。"冀小北揉了揉眼睛。

"成绩出来了。"这时候小唯姐进来了，开门见山，直接就开始宣布最终结果，"根据多方面的考量，我们给每位考生核算出了最后的得分。现在依次宣布，田旭芬综合得分八十三分，江豪综合得分八十五分……"

从小唯姐开口宣布成绩开始，冀小北整个人就慌得不行，又想赶紧知道自己的得分，又怕真的下一秒就宣布到他了。他不自觉地屏住了呼吸，他并不知道田阿姨和江哥表现得怎么样，有没有出现比较大的失误，或者是不是顺利完成了考试，所以他无从判断自己的得分会比他们高还是低。而听筒那边陈琢的细声安慰他也听不到了……

终于轮到他了，小唯姐念出了他的名字。

"冀小北综合得分，八十一分。"

果然是最低的啊。虽然早就知道自己有个大失误，估计分数不会很高，但直面这个结果还是觉得非常挫败。心里头的石头是落地了，但咚的一下，很重很重，砸得人心脏一阵发痛发麻。这会儿倒也顾不上面子了，冀小北一把鼻涕一把泪，迫切地想知道自己的去留："那我会被开除吗……"陈琢在那头安慰他，但显然毫无作用："不会的，贝贝，这个没有末位淘汰制的。"

在这种情况下，显然小唯姐的话更管用，她被冀小北这么大的反应搞得有点哭笑不得："我还没说完呢。"

冀小北点了点头，哽咽道："你、你说吧，我承受得住……"

小唯姐清了清嗓子："因为冀小北考试的时候，路段情况特殊，意外出现了考场未设置的沙石障碍。小冀同学在这个地方出现了一些失误，这很正常，因为对这种情况要怎么处理，我们还没有进行系统的教学。可贵的是他能做到临危不乱，很快调整状态，没有影响到接下来的考试。"

冀小北听得一愣一愣的，小唯姐接着宣布："所以我们评委组决定给冀小北附加分五分，冀小北的最终得分是八十六分。"

冀小北好半天才反应过来这是什么意思，一时间也忘了哭："所以我不用回家了是吗？"

这五分直接让他从第三名一跃成了第一名，陈琢在那头听完直接扑哧笑了："哇，怎么回事？冀贝贝你刚刚是不是在'凡尔赛'啊？"

冀小北又哭得停不下来，不过这次是喜极而泣："我考第一名了，你给我买肯德基……"

"好，给你买，一会儿就下单。"陈琢真想安慰安慰被吓得不轻的小孩，夸夸他的勇敢，赞美他的勇气，告诉冀小北他是一个很了不起的大人了。

想说的话太多，一时间不知道要从哪里说起，反倒是这个"很了不起的大人"很成熟地先开口："好了，好了，你快回去开会吧，我打扰你工作了……"

那天晚上，冀小北请田阿姨和江哥一起吃了肯德基。

009

冀小北每天早睡早起，很规律地用餐、上课，傍晚和田阿姨、江哥一起去海边吹吹海风散个步，回来继续和陈琢老师探讨深奥的学术问题，可谓是又忙碌又有意义。

他渐渐地习惯了在这里学习、生活的节奏，日子过得比最开始快很多。第二次考试结束后没过几天，很快就到了最终的考核环节。

陈琢请了三天假，一方面是过来接冀小北回家，另一方面也能来一次短期旅行。一想到终于能"见"到陈琢了，冀小北就兴奋得睡不着。

两个人开着视频，冀小北在复习各种口令和配套的动作，陈琢在收拾行李。

本来就去三两天，结果小姑委以重任，交给陈琢十个自己现烤的老婆饼，要他全背去带给冀小北吃，于是他本来轻便的行囊立马多了一份"爱的重量"。他一边埋头清点要带的衣物用品，一面分神听冀小北在那儿背诵口令，还能时不时地提出指导意见："刚刚那个口令和手势配得不太精准吧，你看恳恳都没反应过来；这个左右手反了吧；刚刚那个动作再来一遍吧。"

冀小北一开始还听他的话练了一会儿，越到后面越练不下去，心都不知道飞到哪儿去了。冀小北停下动作，蔫蔫地趴到镜头前："为什么今天还要练啊？"

陈琢想了想，很认真地回答他："考试前不就是应该加紧复习吗？"

"你怎么这样！"冀小北不干了，把恳恳揽过来抱腿上，"考试前不就是应该放松一下心情吗？你知道我们都多久没一起看电影了吗？"

"怎么了？一开始不是你要我陪你练习的吗？现在又不认账了？"陈琢清了清嗓子。

"我们看电影吧，今天！"冀小北可怜巴巴地撇了撇嘴，"就像我来这里的第一天一样！"

于是两个人当真像冀小北来这里的第一天一样，各自去洗了澡，然后冀小北抱着恩恩窝在了床上，等着手机那头传来熟悉的声音。

今天他们观看的影片是一部二〇〇三年上映的美国电影。

还记得他们一起看《导盲犬小Q》的时候，冀小北还有点怕恩恩，就连靠近它一点都要做好一会儿心理建设，而如今，经过大半个月的相处，他和恩恩已经比亲兄弟还亲了。

冀小北戴上耳机，闭上了眼睛，陈琢稳稳的声线从那头传来，冀小北好像回到了他们自己的卧室里，陈琢的嗓音和呼吸近在耳畔，而他被一种温热的空气包裹住了，整个人都好像变得轻松又柔软。其实应该仔细去听那些关于故事的讲解，但他此刻似乎更加专注于声音本身，因为对于他来说，这个声音就是陈琢，陈琢就是这个声音。忽然好想念这个声音。

电影还剩最后十几分钟的时候，冀小北不小心睡着了，陈琢默默地关了视频通话，给冀小北发了几条语音。

第一条："贝贝你睡着啦，我就先把通话挂断了哦。"

第二条："电影的结局，明天亲口告诉你，明天我们可以在一起看了。"

第三条："明天我落地的时候，你应该已经考完了吧。"

第四条："考得不好的话，不准再哭鼻子了。"

陈琢想了想，把这条撤回重新发了一条："其实这次考得不好可以哭鼻子，因为我会在你身边。"

第五条："如果考试成功，我就接你和恩恩两个回家。如果考试失败，我就接你回家。"

第六条："这段时间辛苦了，贝贝。晚安，希望明天一切顺利，考试别紧张，有我在呢。"

一回生二回熟，这都第三次了。经过这段时间的相处，大家都和各自的导盲犬配合得愈发合拍，失误减少了很多。虽然考试路段复杂，需要处理很多真实的突发情况，但他们都能比较好地应对，最后的这次考核可以说是非常顺利。

陈琢刚起飞，冀小北这边已经考完了。他这次考了第二名，三次考核成绩综合起来排第一。他也给陈琢发了六条语音。

第一条："我已经考完了哦，猜我考得怎么样？"

第二条："一般般，也没有特别好啦。"

第三条："今天考了第二，但综合成绩是第一名哦。"

第四条："是不是值得奖励一顿肯德基？"

第五条："一会儿我要去机场接你哦。"

第六条："带着崽崽一起，现在他是我的崽崽啦。"

去机场接人这件事，不得不麻烦了一下小唯姐。小唯姐开上车，接上冀小北和崽崽，往机场的方向开去。

这些日子里，他好像已经习惯了这里咸咸的带着海水味儿的空气，一想到再过四十分钟就能再一次和陈琢呼吸同一座城市的空气，他就兴奋得心脏怦怦直跳。崽崽也是同样兴奋，它挤在冀小北身边，把下巴搁在车窗上，一脸幸福地吐着舌头，薄薄的、长长的耳朵随风晃动。

冀小北牵着崽崽，在接机的地方等陈琢。一落地，陈琢就给他发来了语音消息。

第一条："那恭喜你，小冠军！"

第二条："也要恭喜崽崽拥有了这么好的主人！"

第三条："我下飞机了，你来了吗？在哪儿呢？"

冀小北回复说他在接机口，他焦急地等待着，竖起耳朵去仔细捕捉周身的声音，感到嘈杂的人声越来越近，应该是陈琢这班飞机的人。他不知道陈琢什么时候出来，于是从这时候就开始扬起手臂，用力挥手，有点傻。

也不知道过了多久，他挥得手都酸了，忽然感觉到一阵扑面而来的风，特别快。忽的一下，熟悉的手掌放在他的后背上。

冀小北很依赖嗅觉，他总是觉得每个人身上的"味道"都是不同的，而陈琢身上的"味道"是最让他喜欢，也最让他安心的一种："好久不见啊，陈琢……"

陈琢认真看了看他，说："瘦了。"

崽崽很热情地靠过去，贴着陈琢的小腿绕了一圈又一圈。

在此之前，陈琢一直是作为冀小北的"监护人"，在网上和小唯姐联系的。也许是他话里话外都太把冀小北当小孩了，小唯姐总是忍不住把他脑补成一位长辈，见了面才知道不是这么回事儿。

三个人坐上车回酒店，小唯姐熟门熟路地介绍起当地的风土人情。微风轻拂，陈琢闭上眼睛，尝试用冀小北的方式感受这座城市，闻到了冀小北说的那种"咸咸的、海的味道"。

于情于理，中午三人是要一起吃饭的，但小唯姐家里临时有事，陈琢和冀小北的双人午餐自然选址在最近的肯德基。点了全家桶，冀小北把纸桶抱到座位上，还记得小时候吃肯德基全家桶，抱着这个桶觉得特别大，里面的东西好像怎么吃也吃不完。他啃着吮指原味鸡，有那么一会儿非常恍惚，仿佛回到了初中的日子，如果考得好，就可以去城里唯一一家肯德基好好吃一顿，幸福又满足。

现在陈琢代替了他父母的位置，但这种幸福又满足的心情还是一模一样的。

结束了所有的课程和考试，今天田阿姨和江哥的家人也来接他们回家。

经过这段时间的相处，冀小北与田阿姨、江哥关系亲密，早已成了忘年交，眼下家人齐聚，更是其乐融融。

冀小北一直记着田阿姨和江哥对盲人电影院的好奇，所以想让陈琢也给他们讲解一次电影，陈琢当然很愿意。

他们向酒店借了一间有投影仪的小会议室，除了田阿姨、江哥和他们的家人、导盲犬，冀小北还邀请了导盲犬基地的哥哥姐姐。

看什么呢？好像没有比《导盲犬小Q》更合适的电影了。

冀小北坐在陈琢身边，既是陈琢的观众，又是陈琢的"助教"。

冀小北虽然只听陈琢讲解过一遍这部电影，但他对每句解说词都了如指掌。其实在刚认识陈琢、刚开始去盲人电影院的时候，他每次都会把电影的讲解录下来。这次和陈琢分开这么久，他又重拾起这个习惯，想念陈琢的时候就听一听《导盲犬小Q》的讲解，听着耳机里传来的无比熟悉的声音，好像陈琢就在自己身边一样。

虽然早已知道结局，但故事进行到最后，冀小北仍然被感动得眼眶发烫，很想哭。他听见田阿姨也哭了，还有导盲犬基地的姐姐的抽泣声，他伸手过去摸了摸崽崽毛茸茸的脑袋，然后陈琢也摸了摸他的脑袋。

这部电影好像是他这趟旅程的起点，这下也要画下句点了。

因为明天还要接送小外孙上学放学，田阿姨和家人下午就要离开。冀小北和田阿姨抱了又抱，哭得稀里哗啦的，到后来都把田阿姨逗笑了，哄小孩一样轻拍着他的后背，说道："又不是见不到了，还能打电话啊，对不对？"

冀小北点头，心里有些舍不得，舍不得这些日子无话不谈的田阿姨和江哥，舍不得一直在帮助他、引导他的小唯姐和其他哥哥姐姐，但又有很多期待——期待把崽崽带回家乡，期待带着崽崽融入自己的生活，期待和陈琢、和崽崽一起开启新的人生阶段。

晚上，冀小北和陈琢如约开始了计划已久的海滨之旅。

冀小北牵着崽崽走在前面，给陈琢展示他这一个月的学习成果。他们去小摊上吃刚捕上来的海鲜，陈琢闭上眼睛，脚下是松软的沙滩，耳边是接连不断的由远而近的浪声，凉丝丝的海风拂面而过，嘴里尝着鱼虾贝壳的咸和椰子水的清甜——这是冀小北感受世界的方式，现在也成为他的方式。

遇见抱着木吉他的街头歌手，陈琢点了一首《想把我唱给你听》。

冀小北抱着崽崽的脖子，絮絮叨叨地和陈琢说话，说田阿姨是东北人，江哥是广东人。陈琢就笑，说怪不得你说话越来越有东北味了。

冀小北跟着音乐摇头晃脑，明明没有喝酒，却像醉了一样。

"陈琢，那我们冬天就带着崽崽一起去东北找田阿姨玩，夏天就去广东找江哥玩好不好？"

陈琢捏了捏他的手心，说："好啊，都听你的。"

歌手的声音和老狼很像，洒脱又深情，他低低地唱着："想把我唱给你听／趁现在年少如花／花儿尽情地开吧／装点你的岁月我的枝芽／谁能够代替你呢／趁年轻尽情地爱吧／最最亲爱的人啊／路途遥远我们在一起吧！"

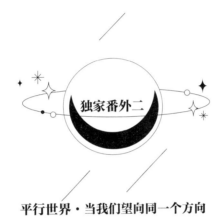

独家番外二

平行世界·当我们望向同一个方向

001

冀小北醒来的时候，一瞬间有些恍惚，辨认了一下周围的环境，才发现自己居然在地铁上睡着了，于是赶忙站起来去看墙上的电子屏，还好，没坐过站，距离目的地还有两站。

他低头查看了一下手机，部长发了好几条消息过来，问他顺不顺利，有没有到机场，有没有接到人。

冀小北赶紧毕恭毕敬地回了条语音："学长，还有两站到机场，接到人了，我马上汇报给你哦！"

他今年大一，社会学系，加入了学院学生会的外联部。

今天，有一家软件开发公司要派人来学院做宣讲，部长安排他和一位大二学长一起去接站，结果大二学长临时有事不能来，这个沉甸甸的担子就落到了他一个人身上。

冀小北往上翻了翻聊天记录，学长给他发了对方的照片，照片上的人穿蓝色格子衬衫、戴眼镜、微胖。

很快，地铁就到达了机场，也是这条线的终点站，冀小北随着汹涌的人流下车。

他还是第一次来这座机场，绕了一圈，总算找到了接机口。他从包里拿出提前准备好的接机牌，在人群里寻找穿蓝色格子衬衫的身影。过了好一会儿，有个穿风衣的人径直朝他走了过来。很高，很帅，冀小北紧张地抬头看他，觉得这位帅哥应该是来找他问路的。结果风衣男在他面前站定了："同学，你好，我是 Be Your Eyes 的负责人陈琢。不好意思，我同事突然有点事，临时换我过来了。"

冀小北第一次独自接待陌生人，难免有些紧张，先是蒙蒙地点了点头，然后猛然想起来自己现在代表的可是学院的形象。他端正了表情，清了清嗓子，像个大人一样伸出手和风衣男握了握："陈总，欢迎！我是社会学院学生会外联部部员，我叫冀小北。"

冀小北稀里糊涂地跟他寒暄了几句，心里后悔莫及：早知如此，就应该在鞋子里塞个增高垫，把头发抓高了再过来，这人比他高太多了，好有压迫感。

原本是要打车回学校的，陈总却主动提出想坐地铁，冀小北便做起了向导，向陈总介绍，"这是刚通的地铁 2 号线""这机场最近新扩建过""这座大桥历史悠久""这座广场平时经常举办大型活动""这条路尽头是国家 5A 级景区"……

其实冀小北来到这座城市也才几个月时间，了解得也不多，这些都是他昨天特意做的功课。他想，如果这位客人第一次来 A 市，自己可以简单介绍一下。

这段地铁是在地面上的，陈琢抓着扶手，转头望着窗外流动的景致，听着面前的学生娓娓道来。待冀小北全部说完，陈琢才悠悠开口："变化好大，我们上学那会儿还没地铁呢。"

冀小北愣了一下："陈总你也是在 A 市上的大学？哇，那我刚刚班门弄斧了。"

"别叫陈总了，叫我陈琢吧。"陈琢笑了笑，"我可不仅是在 A 市上学，我还是你校友，A 大计算机学院的。"

"原来是学长！"说完这句，冀小北又小心翼翼地补充道，"可以叫学长吗？"

"可以啊。"陈琢低头看他，"我也是第一次认识这么年轻的校友。"

002

地铁往城市中心开，人越来越多了，一拨一拨的乘客拥进车厢，两人几乎是脚不沾地地被推到了最里面。他们本来就是面对面站着的，眼下，冀小北一抬头刚好对上了陈琢的脖子，近得他觉得车厢再晃一晃，他就要贴上去了。

他眼见着那喉结上下动了几下："别靠着门，不安全。"

冀小北顿时有些局促，他哦了一声，往前挪了一点，可是周围没有能抓的地方，很难保持平衡。陈琢握着头顶的扶手，把冀小北的手拉过来，让冀小北抓住自己的上臂，给他做了个人肉扶手。冀小北脸上一红，觉得自己的身高被深深地鄙视了……

有了校友这层关系，之后的交流就变得放松多了。两个人一路闲聊，陈琢问冀小北之前有没有听说过他们的软件，冀小北点了点头，说自己已经注册了。

陈琢拿出手机："那我们加个好友吧，你的 ID 是？"

冀小北一脸惊慌："啊？这个软件还能加好友吗？"

"是新开发的功能。"陈琢故意拿话激他，"你的 ID 呢？不会是根本没用过，骗我的吧。"

冀小北硬着头皮说："我真的注册了，那个，我的 ID 是，w，o，z……"陈琢听他报了好长一串字母，输完连起来一看：wozhendebukeai——我真的不可爱。

冀小北一脸郁闷："想笑就笑吧，别憋坏了。"

到了学校，他们就直接去了大学生活动中心的报告厅——宣讲会现场，陈琢此行是为了推介他们公司新开发的软件 Be Your Eyes。冀小北提前了解过，这款手机软件是公益性质的，服务视障人群，求助者可以与志愿者线上视频通话，解决生活中碰上的一些难题。

陈琢先介绍了公司和这个项目的背景，然后简单展示了一下 Be Your Eyes 的界面，接下来就是实操部分了。

陈琢扫视了一圈台下，目光落在了冀小北身上："请这位小学弟上来配合我一下，可以吗？"

冀小北眨了眨眼睛，迟疑了几秒钟才发现说的是自己，赶紧点了点头，走上台。

陈琢用提前准备好的手帕蒙住冀小北的眼睛："辛苦你扮演一下我们的求助者。"

一下子陷入黑暗中，冀小北心中充满不安，抓着陈琢的手腕不想放手，但陈琢还是走远了，听声音已经走到舞台另一头了。

他说道："现在你面前的桌上有两盒药，你需要找出感冒药。"

冀小北伸手摸索了一下，摸到了两个摆在一起的药盒："如果看不到的话，真的很难分辨出来。那我现在要在 Be Your Eyes 上求助了。"

"求助者可以通过语音唤起 Be Your Eyes，平时只要说'求助广场'就可以了，系统会自动匹配在线的志愿者，今天为了不打扰到志愿者们，我们直接求助好友吧。"陈琢再次展示了手机的操作界面。

"求助好友，cz2046。"冀小北怕系统听不懂，特意字正腔圆地说话，之前在地铁上，他记住了陈琢的 ID，cz 是名字的缩写，2046 是王家卫的那部电影吗？冀小北以前倒是看过，只是当时年纪太小了，没有看懂。

很快，陈琢的手机就响起了语音提示："您有新的好友求助通话，是否接入？"

语音电话接通了，冀小北已经完全把自己代入视障人群的角色了，他捏着药盒，表现得有些无助："不好意思，可以麻烦您帮忙看一下这两种药里哪一种是感冒药吗？"

舞台那边的陈琢，现在应该叫他"cz2046"了，马上回应道："没问题，你把手机拿稳一点，现在的角度有点看不清。"

"好的！"冀小北用两只手端住手机，"你看这样可以吗？"

"现在可以了。我看一下……左边是感冒药，右边是阿莫西林。"cz2046 继续说，"你可以把左边的药盒侧过来，我帮你看一下服用说明。"

"好！马上！"冀小北点了点头，凭着感觉把药盒的侧面凑近手机摄像头。

"上面写的说明是一天吃三次，每次一粒。"cz2046 很快就回复了。

冀小北不自觉地默默点了下头："谢谢你，我知道了，麻烦你了！"

陈琢没想到他这么入戏，忍不住笑了一下："不客气，还有别的需要吗？"

"暂时没有了。"冀小北抓紧了左边的那盒感冒药，又说了一遍，"谢谢！"如果求助者遇上这么耐心又细心的志愿者，一定会很感激。

cz2046 也和他告别："感冒了，记得多喝热水，按时吃药。那我就先挂断了。"

两人成功地完成了一次线上求助的演示，陈琢走过去，帮冀小北解开蒙住眼睛的手帕："感谢学弟的配合。"光明一下子照亮了视野，冀小北有些恍惚，好像还沉浸在刚刚的情景扮演中。

003

宣讲会进行得很成功，到场的学生几乎每个人都下载了 Be Your Eyes，首页上显示的注册志愿者是注册的视障人群的两倍多，这保证了每个求助都能得到有效的回应。

会后，部长组织大家和陈总一起吃晚饭。本来是要去学校对面的一家餐馆的，陈琢却说想去学校西门外的一家饺子馆："上班以后最怀念的就是学校食堂和西门外的后街。"

这回，陈琢做起了导游，告诉他们哪家的麻辣香锅最好吃，哪家的串串还送糖水，哪家的水果贵还不新鲜……用陈琢的话来说就是"当年我们宿舍可是沿着这条街一家一家地吃过来的"。而他说的那家饺子馆藏在小巷子的最深处，一般人还真摸不到。老板娘还记得陈琢，给他们打了八折。

回到宿舍，部长叮嘱冀小北明天要把陈总送去机场。冀小北想了想，给陈琢发了一条消息，问他明天是几点的飞机，没想到陈琢直接给他回了个电话。

"到宿舍了吗？"陈琢在那头问。

冀小北刚进门："嗯，嗯，刚到，准备去洗澡了。学长，你明天是几点的飞机？"

陈琢确认了一下："晚上七点多，怎么了？"

"那白天呢？想去哪里玩吗？如果有需要的话，我可以陪你一起。"冀小北决定，他一定要把这位"重要客户"照顾好。

"白天……早上先去给同事们买点特产，下午我还真有一个地方一直很想去。"陈琢想了想，又开玩笑说，"哦，早上我还想回学校吃顿早饭，太怀念二食堂的牛肉面了，可是我没饭卡了，你能请客吗？"

冀小北一本正经地答应下来："当然可以！学长，那我明早八点在二食堂门口等你。"

"好的，快去洗澡吧，晚了该排队了。"在这件事上，学长显得经验丰富。

于是第二天，两人一起去二食堂吃了牛肉面，又去商业街上买了很多土特产。

到了下午，他们去了陈琢说的"一直很想去的地方"，是一家盲人电影院，距离他们的学校不远，但冀小北还是第一次听说。

"盲人电影院？"冀小北重复这几个字。他想问，盲人要怎么看电影啊，又怕这句话说出来太冒犯。

"很好奇吗？"陈琢却看透了他的心思，耐心地向他讲解，"这里专门为盲人朋友播放电影，每场电影有专门的志愿者讲解员，他们会用声音帮助观众们'看'懂整个故事。"

他们坐在了最后一排。电影开始了，冀小北闭上了眼睛，把自己代入了这些特殊观众，跟随着电影的声音和志愿者的讲解，完全沉入这部电影里。

电影结束后，冀小北问工作人员要了联系方式：“我们学院以前组织志愿服务都是去敬老院，下次我可以提议一部分同学来这里，很有意义。”

一下午时间很快就过去了，得去机场了。冀小北心里生出一些不舍，关于这位学长，他还有很多想要了解的：“学长，你从什么时候开始关注视障人群的？是有什么契机吗？因为我觉得以你的专业，好像并不会经常和这个群体接触。”

陈琢笑了笑，冀小北不是第一个提出这个疑问的人。

“确实算是有个契机吧。应该是我上大二的时候，有一次和室友走在大街上，发现公交车站台居然建在了盲道上，我们几个就想‘计较’一下这事儿，给负责的部门打电话、写信，经历了一番曲折后，那个公交车站往前迁移了一段距离，盲道也重建了，恢复了完整。”

“哇，好厉害！”冀小北由衷地发出感叹，“你们在改变世界！”

“改变世界？”陈琢被这个说法惊到了，“太夸张了吧，哈哈。”

“虽然只是一件小事，但你们确实改变世界了呀，公交车站搬走了，盲道恢复了，你们让这个世界变得越来越好了！Be Your Eyes 就更是如此了，我以前都不知道盲人朋友们也可以用智能手机，而你们已经在让手机帮助他们更好地生活了。”冀小北很真诚地说。

“我一直觉得好的科技是要带着所有人一起往前跑的，它不能把弱势群体留在原地或是甩在后面。”这是陈琢毕业后与室友一起创业的初衷，这个朴素的心愿放在这里是如此合适。

冀小北在心中反复琢磨这句话，欣赏与崇拜已经溢于言表。也许是看出了他眼神中的向往，陈琢向他发出了邀请：“以后你可以来我们公司参观或者实习。"

"我……可以吗？"冀小北眼睛都亮了。

"当然，你的专业，加上我的专业，也许我们可以一起带着更多人往前跑。"陈琢拍了拍他的肩膀，"加油哦，小学弟。"

004

两年后，冀小北来到陈琢所在的城市，陈琢已经在出站口恭候多时了。这个情境如此熟悉，只是两个人的位置对调了。

冀小北和他握了握手："陈总你好，我是 A 大社会学系大三的学生，我叫冀小北。"

陈琢被他一脸严肃的表情逗笑了："天天聊天呢，有必要这么认真吗？不知道的还以为我俩不熟呢。"

"当然有必要！"冀小北急道，"因为我今天的身份不是你的学弟和朋友，而是你的实习生！这不一样！"

于是陈琢也握上了他的手，正色道："你好，冀小北。欢迎你，我们一起来改变世界吧！"